CEREAL

TRAVEL & STYLE

主　　编 Rosa Park
创意总监 Rich Stapleton
文字编辑 Richard Aslan

策划编辑 王菲菲 唐颖
责任编辑 唐颖
营销编辑 胡奕

译　　者 张晓敏
装帧设计 申晓声
封面摄影 Anders Schonnemann

图书在版编目（CIP）数据

谷物 . 1, 这里有另一种时间 / 英国 Cereal 编辑部编著；张晓敏译 . -- 北京：中信出版社，2016.1（2025.7 重印）
书名原文：Cereal 09
ISBN 978-7-5086-5564-2

Ⅰ . ①谷… Ⅱ . ①英… ②张… Ⅲ . ①游记－作品集－英国－现代 Ⅳ . ① I561.65

中国版本图书馆 CIP 数据核字（2015）第 234656 号

谷物 .1，这里有另一种时间

编　　著：英国 Cereal 编辑部
译　　者：张晓敏
出版发行：中信出版集团股份有限公司
（北京市朝阳区东三环北路 27 号嘉铭中心　邮编　100020）
承 印 者：北京利丰雅高长城印刷有限公司

开　　本：889mm × 1194mm　1/16　　印　　张：10.5　　字　　数：80 千字
版　　次：2016 年 1 月第 1 版　　印　　次：2025 年 7 月第 34 次印刷
书　　号：ISBN 978-7-5086-5564-2
定　　价：68.00 元

序

关于《谷物》要怎么办的初步想法形成于巴斯。那是2012年6月底，我坐在皇家新月酒店的花园里，就要落山的太阳将乔治时代风格的露台染得绮丽绯红。眼看着这个新计划应运而生，自然而然，我感觉到了一股强烈的兴奋之情，但有别于我平常体验到的那类狂喜，我的内心被一种马上开始行动的慎重的决心所填满。或许是因为绚烂的夕阳，或许是因为周围弥漫的薰衣草柔和的香味，然而我更愿意将我此时平静的心绪归之于巴斯城本身。这里有一种诱人的沉静，它散布在风景如画的街道，徘徊于这座温泉之城的大街小巷，使我的呼吸更加轻盈，不知不觉便放松下来。我相信巴斯对我性情的影响也体现在了你看到的这本《谷物》中。经常有读者赞赏它闲适的节奏、朴素的版面，以及图片中蕴含的宁静。

巴斯是《谷物》经久不息的灵感来源，正因如此，我一直在等待合适的机会将这座城市收入其中。小时候，我常常将最喜欢的糖果留到最后，留到我可以充分享受它的时候。这种心情应该是屡见不鲜的吧。于是，当我们开始筹备这一本《谷物》时，我终于准备好将这座城市展示给你们了。在这本《谷物》中，我们讨论了在我们看来最能代表巴斯的方方面面，从带着乔治时代对称风格的建筑、丰富的文学遗产，到安格泡万向灯——封面图片的灵感就来源于它美丽且标志性的外形。

我们的别册《周末》这一期的主题是“品味”（taste），几位写作者受邀围绕“品味”这一主题，从自己的视角出发来写作，供大家参考和讨论。我参与过太多关于什么是品味、什么是好品味与坏品味的激烈辩论，以至于有时候甚至会怀疑这些概念在现实世界是否真的存在。编辑这个别册也给了我一个深入探究这个话题的机会。

另外，我很高兴《谷物》中文版能以这一册作为开端。因为透过巴斯，《谷物》正式创立的地方，你们能更好地了解我们是谁，以及是什么影响了我们。为了做好巴斯这个部分的内容，我们花了几乎3年的时间。而在这部分内容发表的重要时刻，你们正好也加入进来，成了《谷物》的读者。希望你们能感受到我们在每一篇文章背后付出的热情和努力。希望你们在阅读每一篇文章的同时，会有和我们一同去往世界各地旅行的切身体验。最重要的是，希望你们喜欢《谷物》，会和我们一起前行。Enjoy！

Rosa Park

目 录

墨 尔 本

维多利亚州立图书馆 8

咖啡理念 15

花园城市 22

24小时 31

大洋路 38

巴 斯

乔治时代的风尚 48

安格泡万向灯 59

读书要紧 68

插 曲

精选：女士必备 78

精选：男士必备 84

维特拉设计园 90

Le Labo 105

马尔代夫 113

谈“品味” 128

里 斯 本

尚帕利莫 *138*

四月二十五号大桥 *146*

葡萄牙语 *152*

辛特拉 *159*

别 册《 周 末 》

胡思乱想：关于好品味与坏品味

电影迷

这个世界吸引我们的东西，或，想要改变世界的外在表现

一个人的午餐：我和家人喜欢的街边小馆

撰 稿 人

Anders Schonnemann
Lucy Brook
Nathalie Schwer
Brooke Holm
Charlie Lee-Potter
Rosie Sharratt
Charlie Lee-Potter
Sean Hotchkiss
Taylor Bruce
Cindy Chen
Lydia Shirreff
Annie H.Lee
Jonathan Gregson
Marsha Golemac
Richard Aslan
Justin Chung
Maxwell Colonna-Dashwood
Sean Hotchkiss

墨 尔 本

M E L B O U R N E

A U S T R A L I A

37°40’05.2”S 144°50’36.8”E

维多利亚州立图书馆

穹顶之下

VICTORIA STATE LIBRARY

UNDER THE DOME

文字：*Lucy Brook*　摄影：*Rich Stapleton*

作为当时全世界规模最宏大的钢筋混凝土结构建筑，
图书馆高达六层，被认为是现代建筑史上非同凡响的壮举。

坐在巨大的白色八边形圆顶之下，沐浴着自然光，四周被超过32 000本藏书所环绕，这景象十分壮观。这里是维多利亚州立图书馆的阅览大厅，因为显而易见的原因，这里又被称为“The Dome”（大穹顶），1913年10月开放之初便令墨尔本人深为惊讶和着迷。作为当时全世界规模最宏大的钢筋混凝土结构建筑，图书馆高达六层，被认为是现代建筑史上非同凡响的壮举。兴建之初，这座图书馆名为墨尔本公共图书馆，1856年开放时馆藏3800册精挑细选的图书，开放伊始即成为饱学之士们绝佳的庇护所。图书馆由时任维多利亚州副州长的查尔斯·拉筹伯（Charles La Trobe）委托兴建，为了找到最理想的设计师，他提议举行一次竞赛，最终约瑟夫·里德（Joseph Reed），一位1853年从康沃尔移居到墨尔本的当地建筑师有幸赢得了这个机会。随后他又设计了墨尔本市政厅和皇家展览馆，在这个城市的腹地建造了一系列古典建筑。

如今，这座图书馆辐射了以Swanston、Little Lonsdale、Russell和La Trobe四条街道为边界的整个城市中心区域。和开始的时候相比，图书馆发生了翻天覆地的变化，有的房间扩建了，有的改变了位置，有的则完全消失了。最初的阅览大厅现在被称为“Queen's Hall”（女王大厅），面积也扩大了一倍。19世纪的装修风格、被保留下来的原始的梁柱、墙壁屋顶的粉刷工艺以及古董家具，让这里成为举办婚礼和私人聚会活动的心仪之选。墨尔本当地最具代表性的独立书店——Readings——很早就开始在此地经营了，那时候这里还是“Palmer Hall”。

图书馆内有舒适宜人的庭院和23个豪华的房间，现有藏书量超过200万册。对于那些来看墨尔本的建立者约翰·巴特曼（John Batman）和约翰·帕斯克·福克纳（John Pascoe Fawkner）的日记，传奇的澳大利亚不法之徒内德·凯利的盔甲，以及詹姆斯·库克船长的原始手稿的历史迷们而言，这里如同磁石一般吸引着他们。这座图书馆的固定馆藏也包含了各类地图、报纸以及微缩胶卷档案。艺术品也在这里占据着重要的地位，Red and Blue Rotundas（红和蓝圆形大厅）、Keith Murdoch Gallery（基思·默多克画廊）、Cowen Gallery（考恩画廊）全年举办各种固定的展览和巡回展。艺术阅览室收藏有成千上万册书、论文和杂志，国际象棋阅览室则完全专注于国际象棋，这里的特色是收藏了关于这项游戏1500年历史的书籍和期刊。文化遗产阅览室（Heritage Collection Reading Room）必须提前预约才能访问，华丽的陶制吊顶，14盏古董吊灯和其珍藏的墨尔本老地图是它引以为荣的地方。与此同时，雷德蒙·巴里阅览室（Redmond Barry Reading Room）从一个展览动物标本的博物馆演变为现在的非虚构类图书的阅览中心。但在图书馆内，“大穹顶”仍是最受珍爱的。经过整修，它在2003年作为拉筹伯阅览室（La Trobe Reading Room）重新开放。这里仍然是众人瞩目的焦点和各地图书馆设计美学的典范，人们的目光和心灵都由此飞升。■

地址：328 Swanston Street, Melbourne VIC 3000

官网：SLV.VIC.GOV.AU

咖 啡 理 念

基 于 墨 尔 本 与 咖 啡 豆 的 别 样 关 系

COFFEE CONCEPT

ON MELBOURNE'S UNIQUE RELATIONSHIP WITH THE BEAN

文字：*Maxwell Colonna-Dashwood* 摄影：*Brooke Holm*
艺术设计：*Marsha Golemac* 道具：*mrkitly.com.au*

墨尔本对咖啡文化的兴起具有非同一般的影响，这对那些熟悉这座城市或者第三次咖啡浪潮的人们而言，一点也不稀奇。毕竟，从这里开始，一半牛奶一半咖啡的平白咖啡（flat white）以无法阻挡的势头走向了世界。若要了解发生在南半球这一特殊现象的起因，必须得追溯到二战后欧洲移民的大量涌入。除了意式咖啡馆、手工面包店、熟食店、家庭餐馆，他们也带来了对咖啡文化方方面面更深入的理解。他们的独立精神成了这个城市内在特性的一部分，同时，在多年发展过程中，这种精神也表现出了足够强大的力量，成为抵挡商业连锁模式占据主导地位的一股势力。但是另一方面，这种固有的传统咖啡文化也隐藏着危机——故步自封，拒绝创新。而墨尔本不仅成功避免了这种危机，更创造了一种独一无二的振奋人心的平衡，为其美妙的咖啡体验锦上添花。

在墨尔本，咖啡不是一种可以进行简单归类的东西，这种情况尤其令咖啡研究专家们着迷。一方面，来自地中海地区保守的行事方式在包括喝咖啡在内的诸多方面都有所体现；另一方面，这座城市对先锋的咖啡形式有自己独特的探索和演绎，也有对最新咖啡理念的引入和运用，以及对科技如何推动咖啡文化发展的痴迷。作为维多利亚州的首府，墨尔本复杂多样的咖啡生态也归功于此地盛行的社会风潮，这种风潮在全世界影响深远。简单来说，就是墨尔本人喜欢咖啡，并且把它当成一种很特别的东西。这种感情并不仅仅针对这种饮品本身，更延伸到在社会、文化以及餐饮方面同咖啡相关的一切事物。因此，咖啡师在这里可能比在其他地方更受重视，在咖啡馆的设计上，灵感也总是层出不穷、野心勃勃。也因为这种对咖啡高涨的热情，咖啡吧、咖啡馆和餐厅之间的界限变得模糊不清。在这个地方，咖啡上的传统主义者和现代派并肩同行，神秘主义者和手工艺者抵挡着现代化的科学派的侵蚀，他们对咖啡都怀抱非一般的热情和对咖啡品质的追求，墨尔本则成功且愉快地拥抱了这些咖啡文化里的“三教九流”。■

花园城市

维多利亚之绿

GARDEN CITY

VICTORIAN GREEN

文字：*Lucy Brook*　摄影：*Rich Stapleton*

写“品味”

taste

周末

WEEK|END

别册

胡思乱想：
关于好品味与坏品味

by Charlie Lee-Potter

CHARLIE LEE-POTTER
英国主持人、记者和学者。她主持过很多BBC广播、电视节目，也为全国性的报纸和杂志供稿。
她关于“9 · 11 ”后社会演变的小说将于2016年由布鲁姆斯伯里出版社出版。

我母亲是一名记者，在我六岁的时候，有一次，她被安排去做一个关于百万富翁的专题，主要工作是调查不同年龄层次和背景的人，如果得到了一百万，会用来干什么。我是其中最小的受访者，当时就不假思索地说："假如我有一百万英镑，我会买一件流苏斗篷和一双白色漆皮过膝靴。还会整天爬树。"这个回答除了说明我根本想象不到超过29.5英镑的世界是什么样子的，很明显，还说明坏品味正包围那双我期待已久的亮亮的靴子，拂过听起来糟糕透顶的斗篷的流苏（顺便一提，这两样东西，我从来不允许在我身上出现）。

由于承认了十几岁时想在床头放一台制茶机的渴望，家里人觉得我的品味还是如小时候一般让人怀疑。大学毕业后的第一份工作是在康泰纳仕集团伦敦分公司，我会戴着长手套、宽檐帽，光着脚去工作。在我第一天做BBC实习新闻记者时，我认为有必要约束一下自己的打扮，就穿了一件淡粉色的丝质便袍，戴上白色的头巾。但是，单凭这样就能说我的品味很差吗？或者说这样做只是一种自我表达？二者几乎无法分辨。

考虑到斗篷那件事，你可能会认为如果将一片石蕊试纸浸入我头脑中决定品味的那个区域，试纸会变成蠢蠢欲动的表示坏品味的紫色。没关系，而且实话实说，我也并不在乎。但是，那是否也代表，恰恰相反，我的品味不错？艺术家格雷森·佩里（Grayson Perry）的女性身份Clair，一定会喜欢我的白靴子和斗篷。他认为品味的全景中间有一堵墙："如果你对自己的品味没有安全感，在不知道墙两边的具体情况的时候，你会急切地想要维持自己现有的状况。但假如你很自信，你会大步走进灌木丛，然后说'这里也一样好'。"照佩里的说法，坚守在那个淡棕色的、中立的、公认的领地必定是一种坏品味，而走入大自然可能是好品味。而正如对我的斗篷指手画脚是你的坏品味，如果我批评你的皮短裤、紧身灰羊绒衣，或者豹纹弹力衣（虽然我觉得豹纹只长在猎豹身上才好看），这也是我的坏品味。到目前为止，可以开门见山地说：模仿他人的品味就是一种坏品味，好的品味是表达自我的个性而不是默许某种已被认定的常规。但这件事情在我这儿却变得很棘手，因为我在捍卫个人的审美独立时，却忍不住要对别人在用词上的好坏大加评判。当读到不好的文章时，我会觉得不舒服，甚至不再看下去。忽然之间，我自由放任的态度仿佛蒸发了一般，开始大发判决。比如，我会认为以下七种是不好的用词：

缩写

Biccies（饼干）| *Veg or veggies*（蔬菜）| *Uni*（大学）——当毕业十多年的人仍这么说时

Champers（香槟的俚语）*for champagne* | *Shampoo*（洗发水）*for champagne*——更糟糕

拉长词尾

Fancy a cuppa？（想来一杯吗？）

比喻

Bubbly（起泡的）*for champagne* | *Bubbles*（泡泡）*for champagne*——为什么香槟有这么多不好的指代词？| *Stickies*（黏糊糊的）*for cakes*

浮夸的句式或者套话

Don't sweat the small stuff（不要杞人忧天）| *Push the envelope*（挑战极限）| *Blue-sky thinking*（开放性思考）

扭捏的委婉语

The little boy's room（代指男卫生间）| *Would you like to powder your nose*？（代指女卫生间）

名词用作动词

The price rise in bubbly impacted my party（我方被如泡沫般上升的价格所影响）| *She medalled at the Olympics*（她在奥运会上获得了奖牌）

动词用作名词

A good read（一本好书）| *A bad drive*（一次糟糕的驾驶经历）

但一如既往，事情并没有这么简单。我不喜欢乱用词语的坏品味，但我更憎恶攻击这种坏品味的糟糕的行为。我曾一度敬仰小说家霍华德·雅各布森到了英雄崇拜的地步，但当我知道他在一家衬衣店攻击一位店员将动词用作名词的时候，他在我心目中的形象毁于一旦。雅各布森在报纸上发表过一篇文章，内容是他没能获得2014年布克奖的感受。他说在颁奖仪式前一天，他去商店买新的衬衫，好换掉衣柜里不知道沾上什么血迹的那件。当雅各布森开玩笑地说那件衬衫有可能做了某种“爱伦·坡小说式的不祥的可怕行为”，就那么“自己流了血”时，我咯咯笑起来，知道没有什么比雅克布森风趣且优雅的语言更妙的了。但随后，文章大大偏离了轨道。那个售货员认出了雅克布森——任何小说家都应该对此心存感激——并问他衬衫是不是为第二天的颁奖仪式准备的。首先，雅各布森对售货员竟然知道这个奖项显示出了惊讶。接着，仿佛那样做还不够糟糕似的，当售货员表示奖项评判的唯一标准应当是某本书是否是“a good read”时，雅各布森开始大肆抨击这种将动词用作名词的恐怖行为，他在文中写道：

“假如我有一百万英镑，

我会买一件流苏斗篷和一双白色漆皮过膝靴。

还会整天爬树。”

我们没有称莫扎特的安魂曲为“*a good listen*”，或者说伦勃朗的自画像是“*a good watch*”。“在我看来，”我告诉售货员，“*read*最好用作动词，用作名词就会出现一些问题，会让阅读的那种动态、辩证的本质有所减损。”

我认同这种体会，但同时也希望自己不要这样想。好的品味会被不好的行为或者道德优越感全盘抵消。而且当我指出stickies、cuppa和bubbly的恐怖之处时，我很可能听上去和雅各布森一样傲慢。亨利·詹姆斯在这方面也做得不太好，他曾说过坏品味就好像关了灯走路、穿衣和吃饭，危险在于我们“很可能会摔断腿、穿错衣以及把我们自己弄脏”。这不是在给人们好的建议，仅仅是表现出了自大而已。更糟糕的是约翰·贝克特尔（John Bechtel）发表于1903年的关于好品味的作品《Slips of Speech》（言语的失误），里面有如下这些刻板、僵硬的教导：

将诸如*dad*、*daddy*、*mam*、*mammy*、*the old man*、*the old woman*一类的称呼用在父母身上，毫无教养和尊重可言……孩子牙牙学语时，父母就应该坚持纠正他们叫*papa*或*mama*时不正确的发音，并在子女十二岁或者十五岁时，开始引导他们改为使用更正式的*father*和*mother*，以体现孩子对父母的尊敬。

他让我想冲到街上大吼：“anyone want stickies and a cuppa？”贝克特尔可恶的建议，除了让我同情他可怜的孩子们外，也想到了关于品味的另一个问题：必然会随着时间和潮流的改变而不断变化的好品味，是如何变成我们的行为准则的？假如甚至根本不存在关于什么是好品味的既定标准，我们又如何能做出评判呢？由此我想到《The Encyclopaedia of Bad Taste》（坏品味百科全书）的作者们可能做了一些有意义的事情，在企图定义坏品味的过程中，他们也击中了什么是好品味这一问题。顺便说说，仅快速瞥了一眼目录，我就觉得这本书值得买：

Aerosol Cheese（喷雾奶酪）| *Baton Twirling*（巴吞鲁，一种棒类韵律体操）| *Breasts, Enormous*（胸，巨大的）| *Christmas Trees, Artificial*（圣诞树，人造的）| *Epigrams*（警句）| *Feminine Hygiene Spray*（女用卫生喷雾）| *Fingernail Extremism*（指甲极端主义）| *Lawn Ornaments*（草坪装饰）| *Panty-Hose Crafts*（丝袜手工艺品）| *Pepper Mills, Huge*（胡椒研磨器，巨型）| *Tuna Casserole*（焙盘金枪鱼）| *Water Beds*（水床）

翻到坏品味警句那一章，对憎恶坏文章的人来说需要坚强的神经：

There are three stages to a man's life: Stud, Dud, Thud.

（人生有三个阶段：开枝散叶，变成废物，砰然倒地。）

Anyone can be a mother, but it takes someone special to be a Mommy.

（任何人都可以做母亲，但不是人人都能成为好妈妈。）

在读这本百科全书之前，我对焙盘金枪鱼（以金枪鱼罐头为原料制作，并撒上碎薯片）和喷雾奶酪的存在毫不知情。百科全书指出喷雾奶酪只有一个缺点——也肯定不止这一个——即用过的喷雾罐放上几天后“可能会有奶酪的结块糊在喷嘴上，只有当你下次再用的时候，这些结块才会随着奶酪的喷出而脱落”。焙盘金枪鱼和喷雾奶酪足够配成可疑的一对，因为它们都是坏品味的代表。

在如何衡量好品味和坏品味上，我认为百科全书的作者们切中要害的地方在他们如此给这两者下定义：坏品味试图“改进自然事物。如果纯棉的面料好，那么化纤面料更好……类似的，塑料花属于坏品味，它的出现是为了改进真花需要悉心呵护的缺点。”在我看来，这似乎是分辨好品味和坏品味的真正标准，即把对“更多”（more than）或“更好”（better than）的定义作为判断某种事物是否从好品味降为了坏品味的方法，比如像下面这样：

外套（好品味）很不错，但斗篷（坏品味）更好，因为它既可以用作披肩，又可以当作短裙。

但任何关于好品味的辩论都存在一个问题，即为了更接近它的本质，你总会孤立一些人。在写这篇文章的时候，多赛特的一间画廊给我发了邮件，宣传画廊咖啡馆的新菜单。一打开邮件，我的坏品味测量尺就不自觉地弹了出来。这份菜单吹嘘自己供应独一无二的“veg”——哪间餐厅会不供应呢——但还包括“imaginative salads”（创想沙拉）和“dreamy puddings”（梦幻布丁）。难道这儿的沙拉会写诗，布丁整天闲躺着做白日梦吗？我还注意到菜单上有某些品味更恶劣的东西。这家咖啡馆的火腿显然是“naturally-reared”（自然饲养的），但你如何饲养火腿？大概是在火腿农场，圆滚滚的粉色火腿们穿着印有“我正在被自然的饲养”的卫衣蹦蹦跳跳地跑着。这一刻，所有我下的决心——要尊重多样化而不要说教，要容忍而不要评判——顿时荡然无存。在写作上，我宁愿自己拥有的是好品味和坏行为。但请尽情穿上你喜欢的豹纹吧，我不会多说一句。

电影迷

by Annie H. Lee

ANNIE H.LEE
职业是一名律师，但内心是一位作家。她目前住在纽约市，出版过诗歌以及一本关于美国青少年用语的书籍，是一部获奖电影短片的编剧之一，也为法律和生活类杂志撰稿。

如果你问我这周日会在哪里看超级杯，我会反问："比赛是这周周日？"如果你问我是做什么工作的，我会马上找个借口去卫生间。但是，假如你问我哪部电影应该获得奥斯卡最佳影片奖，那么最好清空你的日程表，因为我将开始一段慷慨激昂的独白——关于理查德·林克莱特（Richard Linklater）如何找到这样一种讲述日常枯燥故事的方法，能让你想到你自己的生活并且会想："哥们儿，我记得我那时候……"随后你会意识到那些经历并不是你独有的，而是和你的朋友们所共享的，也因此感觉到和他人的联系更紧密了。这一切都完成得如此轻而易举，真的令人感同身受。基于此，你难道会不赞同《少年时代》应该揽获这份荣誉吗？

我对电影有很强的鉴赏力。或者有些人甚至会说，我是个"电影势利眼"。但我并非生来如此，我是不带歧视地爱着电影长大的——《音乐之声》《小鬼当家》《童年的约定》《变种异煞》《窈窕美眉》《肖申克的救赎》，而且谁又能忘掉《泰坦尼克号》？但所有的一切在2002年的夏天都变了。那时由于没有其他选择，我和朋友租了一部《木兰花》打算看个通宵。开始后不久，我的朋友们便纷纷放弃了这部电影并且迷迷糊糊睡着了，而我却全情投入熬了整整三个小时，为展现在屏幕上的内容所困惑、迷惘、激动难安。这部电影讲了多个人物的故事，他们之间都有某种交集——一个憎恶世上所有女性的艺术家，一个不愿再拿濒死丈夫的钱的拜金女郎，一个尿裤子的少年天才，一个丢了枪的警察，一个可能年幼时被父亲骚扰过的吸毒者，一个沉迷于寻找帮手向酒保求婚的前问答竞赛冠军。仿佛这还不够似的，在电影中的某个时刻，这些人物不约而同地随着音乐哼唱起艾美·曼（Aimee Mann）的那首《wise up》，画面通过蒙太奇的手法被组织在一起。而且——剧透警告！——在影片最后，有无数青蛙从天而降。电影里没有任何解释，我想象着编剧耸了耸他的肩膀，似乎在说："那又怎样？"一些朋友被青蛙掉到路面上的声响惊醒了，他们尖叫着："那些是青蛙吗？天哪，到底出了什么事？"这也正是我的感受。这一切都是什么意思？这部电影到底想要告诉我什么？我深感迷惑，并且说实话，有点哑口无言。此前，我从未被一部电影如此聪明地打败过，因此我对它也愈发尊敬。"太精妙了。"我心想。就在彼时彼地决定把《木兰花》作为我有生以来最爱的电影。

从那以后，我成了那些叫得出导演的姓，看电影前会先上IMDB.com查询一下的人们中的一个。在大学里，我注册了Netflix（在线电影租赁公司）的免费试用服务，如饥似渴地补看那些太过经典，以至于如果没看过会很丢脸的影片，例如《罗丝玛丽的婴儿》《奇爱博士》《闪灵》《惊魂记》《飞越疯人院》。这些电影我并不都喜欢，但我很高兴，因为但凡有人提到这些影片（虽然从未有过），我就能聪明地谈论起来。另外我也开始尝试着去欣赏独立电影和外国影片。我常去SoHo区的Angelika电影院看电影，然后冲回家给我的朋友们发邮件："伙计们，我刚看完一部超棒的电影。"我会上气不接下气地写，"演员们的表演令人惊叹，让我有五味杂陈的感觉。强烈推荐！"

每当我极力盛赞某部电影时，我的家人和朋友一次都没有对我翻过白眼，这证明了他们对我的好。事实上，我一直以为他们全都赞同我的电影品味，直到一个下着雨的周六下午，在决定看什么影片时，我的朋友Grace说我总是只想看那种"悲伤的、压抑的、附庸风雅的独立电影"。"你知道，"她说，"在一整周漫长又充满压力的工作之后，那类电影是我最不愿意看的。我就是想看一些搞笑阳光的东西。"什什什什什什么?！我最近的确让她和我一起看了一部关于美国军营中性侵事件的纪录片，还有一部是关于幼犬滥育场（puppy mill）的，但毫无疑问，我想看的影片绝非仅有这一种！见鬼，我明明也心甘情愿地看完了两部《欲望都市》大电影！

然而，Grace的评价的确让我开始问自己，哪一种影片是我真心喜欢的。我的确更喜欢独立电影，无论它们悲伤还是令人开心。我欣赏它们不会依赖CGI（电脑三维动画）去掩饰乏善可陈的故事情节，而且它们不会刻意取悦大众。但这并不意味着所有的独立电影我都喜欢，也不表示所有商业大片我都不会看。2014年夏天，我看了大量使用CGI的《明日边缘》，并乐在其中。当然，认真说起来，这个故事固然有很多无法自圆其说的漏洞，甚至情节也很零散，但是汤姆·克鲁斯和艾米莉·布朗特对各自角色的演绎都非常优秀，我在看电影的时候也很投入。奇怪的是，我对独立电影界的心头宝、奥斯卡的赢家《鸟人》却并没有相同的感觉。我觉得它在艺术化和边缘化上有点用力过猛，甚至好几次我都在心里琢磨"这都是些什么啊？"如果是在2002年，它可能会让我肃然起敬，但现在，它却让我有幻想破灭的感觉。

也许是我的电影品味在不断变化，又或许是我对喜欢的电影能更坦率地做出判断。无论是哪种情况，毫无疑问，我的品味在不断进步。就在上个星期，在我设置网上银行账户时，看到了一个密保问题："你最喜欢的电影是什么？"我突然愣住了，手指在键盘上游移。就在一年前，这该是个不动脑子就能回答出来的问题，但现在我却没有那么肯定了。《木兰花》想表达的东西是不是太多了？而且那些青蛙又到底是怎么回事？我在心里就这部电影的优点徘徊犹豫了很久，最终跳过了这个问题，转而选择了"你高中的吉祥物是什么？"看来，我不得不去重温一下《木兰花》了。

“‘太精妙了。’我心想。

就在彼时彼地决定把《木兰花》作为我有生以来最爱的电影。”

这个世界吸引我们的东西，或，想要改变世界的外在表现

by Richard Aslan

RICHARD ASLAN

作家、编辑和项目策划人。

他对人们体验世界的各种不同的方式，以及这种方式是如何影响我们的行动和生活的话题很感兴趣。

表现A：柏林克罗伊茨贝格区（Kreuzberg），一扇门的照片

它被各种涂鸦覆盖：门把手，碎裂的窗玻璃，锁眼，全部。蓝色叠加在黄色的海洋之上，签名被笼罩在猩红色之中，涂鸦甚至越过门框，爬上了灰泥天花板。打开照片，调大对比度，再大一点，越大越好。多1%，像素就会惊叫着往相反的方向逃离彼此。饱和度，同样往上增加，再大一点，直到看起来像在意大利八月的某个下午，所有的一切都是明媚的，空气中有嗡嗡作响的声音，蜜蜂在高温中晕头转向，趔趄着从一朵花到另一朵，再有气无力地爬上天空。空气中充盈着浓郁厚重的香气，浓厚到你甚至可以把它切开。然后是色度，仅仅是因为好玩，将蓝色调成紫红，然后让它变成紫罗兰色，天空下是碧绿的山丘。最后的润色，改善图像边缘的清晰度。再一次，多来一次。裁切、修剪，好平衡摇晃的门框。全部完成。问题：需要加多少滤镜，才能让一张图片看上去好像没用过滤镜似的？我指的是看上去跟生活中一样，不是高雅的、精细的，而是未经处理也无法处理的、充实的、饱满的。它的尽头在画面之外吗？要用多少滤镜才能让它击中你，就像你因为一圈圈旋转太久而撞向地面，嘴里剧烈的疼痛，草茎被压碎而溢出鲜绿的汁液，连同散发着铜的味道的血，都夹杂在一起叮叮作响？

表现B：柏林特雷普托街（Treptower），一家奉行严格素食主义的比萨店

餐桌下有一些狗。它们并非你会在咖啡厅看到的，被放在手提包里的那种干净、安静、娇小、正瑟瑟发抖的小狗。它们是那种咬人的、好斗的、“冲着邻桌的客人狂吠因为你看着我”的那种好玩的狗，是身体长长的、腿却不成比例地粗短的狗。大狗们显然发现了一块旧得不成样子的地毯，四仰八叉地趴着，绊倒了电话礼仪糟糕但服务态度很好的意大利服务员。带着温柔的眼神、穿着大而垮的腈纶毛衫的人们喂给它们融化了的干酪。它们的尾巴有节奏地拍打着木地板，以至于餐桌都跟着颤动起来。每个桌面都凌乱不堪。手写的菜单被复印了无数次，以至于餐厅不得不再用圆珠笔把甜品那部分描得更清楚一点。

表现C：《Zero》，Clod剧团

乔纳森·伯罗斯（Jonathan Burrows）所著《A Choreographer's Handbook》（编舞者手册）第12页：“有什么表演完全改变了你？为什么？”我想到了答案，高兴又兴奋。我想告诉每一个人这件事，一遍又一遍。我知道了，我知道了。人扮演的蛇，仿佛被神驾驭，它颤抖着、战栗着。蛇，摆动着、堆叠着，一个压着一个，每一个空隙都被蛇发出的钢丝般的声音填满。我感觉到了头顶有阳光照射，我闻到了死水的硫黄味。飞虫发出嗡嗡的声音。身体回落，扭转。我哭了。我高兴地笑起来，身体不由自主地往前坐直，就好像他们把一根绳子穿进了我的鼻环。我的脑海里在跃动，我意识到自己紧握着双拳。这就是人们把剧院建造成这样的原因，如同一座空井，在我们面前，在我们头顶。我们站在中央，水从高处泼下来，把我们淋湿。在故事正发生的那个地方，他们用一根绳子系在把手上，把门撑开，悄悄潜进去：一个在抽雪茄，另一个穿着紧身裙；一个勃然大怒，另一个屈服；一个昂首阔步，一个瑟瑟发抖。一切都发生在恰当的时机，我的朋友。我有了归属感。这里没有屏幕，没有隔离，他们一次又一次将故事推向我，一排接着一排，跌伏，升起，再次升起。我能感受到一切将要达到圆满，一切快要结束了。我不希望它结束。我握住你的手，匆匆望向你。你回望我，瞳孔张大，露齿而笑。穿制服的人涌进来，将他们托起，又将他们打倒，拖着他们穿过舞台。此事，此地，让人怀疑这里是否真的发生过什么。所有的因素都很不利，甚至连完成一件事都很难，但有个人走进来并且将事情完成了。我坠入了爱河，第111次。剧终，我们离开，然而一切并没有结束。又到了数年之前的夏天，当它选中了我，抓住我的后颈然后说："这是你的位子。现在离开。"我夺门而出，还不太相信我竟然活着出来了。我一直不停地说话，我扭动着身体，走回家，天空滴到了我的后颈上。

表现D：一罐Bigi-Mama牌花生黄油

纯度100%，最优质，500克，无糖。在阿克拉（加纳首都）、拉各斯（尼日利亚首都）、金沙萨（扎伊尔首都）、布拉柴维尔（刚果首都）、阿比让（科特迪瓦首都）、雅温得（喀麦隆首都）都找得到。这种酵母味素，用小刀挖一点出来，和黑加仑果酱搭配着吃会很美味。每次去食品柜偷偷挖一点吃，也会觉得很棒。它美味，还因为大罐装也才2.99欧元。它被摆在沙特阿拉伯麦地那某个超市的货架上，商标油腻腻的，边缘已经被浸得透明了。它被放在一袋袋鲜黄色、散发着麝香味的孜然，以及多得可以让你的鼻子辣上几个月的花椒旁边。还有芥末油、茉莉油、浓稠的白色椰子油、被随意切成块的黄肥皂，以及石榴糖浆、塞得满满的罐装葡萄叶、玫瑰花瓣酱、榅桲果冻、腌渍无花果。塑料盆里黏糊糊的小块哈尔瓦点心，被印着模糊的蓝色阿拉伯文字的纸包着，再被放进罐子里，与开心果和杏仁搅在一起。还有表面裹着葡萄糖浆的枣，硬纸盒里开始变色的鲜枣，被堆在一起的真空包装的发黏的黑色枣泥砖。光线一道道照进来，空气因为走道里的玫瑰香水味而变得甜蜜。收银台没人知道任何物品的代码。孩子们穿着糖果色的衣服，围着柜台边堆着的亮亮的糖果，像黄蜂一样闹哄哄的。他们的母亲推着儿童车轧过了我的脚趾头。

表现E：骂人

他的妹妹喜欢粉红色蛋糕和发卡，他喜欢乐高积木和骂人。他放学后跳进奶奶的车后座，有点冷，他不知道把套头衫忘在哪儿了。“我学会了以F开头的词，以K开头的词和以R开头的词，”他得意地告诉她。“以R开头的词?!”她禁不住问，好奇心战胜了不去怂恿他的承诺。“是的，”他一边系上安全带一边说，“笨蛋。”我的朋友Kate某次告诉我，她喜欢英格兰的天气，“因为它总是充满惊喜”。有一次，我告诉妈妈我喜欢骂人，“因为它代表着热情和承诺”。一天下午，我在客厅拿着手机看新闻，“该死的，”我对着某个油头粉面的权贵政客咕哝着，被他抓个正着。“我听到了！”顶着西瓜头的他，用手摆成喇叭状，大声对我说。我望向他。“呃，”我说，“他是个……该死的家伙。”他把其中一只手放下来握住我的手，对我露出了笑容。“我爱你。”他说。

表现F：天堂

往北去的关口关闭了。你可以穿过去，但可能再无法回来。往南的关口Gang，也正在关闭，将边境缝合。这是个灰蒙蒙的一无所有的小镇，平平的屋顶，红色的泥土。冉冉升起的太阳照在墙上，仿佛在作画。水泥砌成的“Victory”蹲坐在环岛中央，来往的卡车像燕子一样环绕经过。餐厅里有一些塑料椅，食物被装在大铝盘，一个一个被排着队端走。茶水从瓮中汩汩流进大小不一的有缺口的杯子里，是热热的、甜甜的红茶。人们在餐桌上互相说着笑话。疲惫的双手在厨房里挥动着扫帚，双臂从肩头垂下，手指搭在一块用旧的薄棉布上。眼神明亮，嘴边有笑容留下的纹路。地平线低垂，群山胡茬般耸立着。一个橙色的斑点上升，和仿佛打磨过的蓝色天空相遇。如果你远离城镇，直到最后一幢楼房仿佛向下浸入海浪中消失不见，再坐下来，能看到的只有尘土和天空。但你仍然听得到那些谈话，关切的语言、沉默的拥抱。在中心广场的锻炼结束之后，他们打开了悬在房屋之间的扬声器。音乐噼里啪啦地倾泻而出，好像水龙头的流水声。手牵手，举起来，手指扣在一起。其他人蹲着休息，脚轻拍地，打着节奏。太阳落下去，收回了自己的光芒，它剩下的能量仍在空气中传递着。天很快凉了下来。人们随着自己的脚步有节奏地呼吸。呼出的水蒸气显示出生命的迹象，却对南面一排排的烟囱形成了挑战。灯泡嗞嗞亮了起来，每三五个中就有一个坏掉的。每天，在他们轻轻拨动开关时，还会有更多的灯泡熄灭。即便如此，他们仍继续跳舞，不停。

一个人的午餐：我和家人喜欢的街边小馆

by Sean Hotchkiss

SEAN HOTCHKISS

作家兼编辑，往返于纽约布鲁克林区和哈得孙河谷。

作品曾发表在《GQ》《Esquire》《华尔街日报》及其他刊物上。在美国缅因州长大。

西埃卡尼克餐厅（West Taghkanic Diner）坐落于纽约州安克拉姆小镇82号公路旁，像一个闪闪发光的银色盒子。它的霓虹灯招牌是一个头饰齐全的美洲印第安土著大厨，引导着公路上的司机到这家餐厅来。我常去哈得孙河谷，因此频繁在82号公路上往来，而且常常饿着肚子。“午餐，一个人。”我说，“是的，就在柜台这吃就好。”我从三岁起就开始去街边小餐馆吃饭，在缅因州南波特兰的安迪大叔餐厅（Uncle Andy's）。我的父亲对此很坚持。他在沃特维尔的科尔比学院读书时，曾做过快餐厨师，对大美国餐厅（Great American Diner）怀有毫不掩饰的热爱。在安迪餐厅，我们常坐上柜台边的凳子。他会点一杯滴滤咖啡（drip coffee），加奶和糖，再点一份全熟的奶酪蛋饼。当咖啡端上来的时候，他会倒顶针那么大分量的咖啡在他装奶油的空器皿里，递给我尝一口，我就是这样第一次知道了咖啡因的滋味。安迪餐厅的隔壁有一个面包房，易碎的奶油糖果饼干被仔细地装进硬纸板盒子，再用细绳捆好，这就是我们在开车回家的路上享用的餐后甜点。

和父亲在小餐馆里吃早餐是我们联络感情的一种方式。在吃早餐时，我常常觉得他也像我一样坐在柜台前，喝着我喝过的“迷你咖啡”。从威斯卡西特到威尔斯，我们一起尝遍了缅因州海边的每一个小店。父亲体内似乎有一个发现小店和文化珍宝的雷达，这包括位于边缘步道（Marginal Way）旁的废弃火车车厢里的波特兰小姐餐厅（Miss Portland Diner），还有位于沃尔多伯勒，以葡萄干面包和脾气暴躁的服务员闻名的穆迪餐厅（Moody's）。但我的最爱是波特兰老港口的本垒餐厅（The Home Plate），那里有浓厚的棒球主题风格，数百张稀有的收藏卡被安全放在树脂玻璃台面下。我一边大口吸着橙汁，一边问我父亲：“谁是罗利·芬格斯？”

街边小餐馆的风格都很一致。玻璃和钢筋结构的外观是最常见的，还有五颜六色的招牌和五十年代的大门，以及能够让你在路上就能看到室内情况的大玻璃窗。通常还会有带着一排凳子的柜台，几个小隔间和一个开放式厨房，下单上菜的声音你来我往地叫嚷着。尽管在路上总是饥一餐饱一顿的，但这些小餐馆却无疑是一种补救良方。它们供应的食物也很相似，例如俱乐部三明治这种无法或缺的标配，在任何时候都是理想的餐品。他们还会为有健康考虑的人提供沙拉，为那些对腰围无所顾忌的人供应薄煎饼和法式吐司。这种可靠性让人不用把每家餐厅都区分得一清二楚，只管尽情享用它们。

这些小餐馆通常都营业到很晚，有时候甚至根本不打烊。我二十出头那几年，总会去上东区的某个小餐馆度过漫长的夜晚。它们全都是希腊人开的，有格雷西·梅夫斯餐厅

（Gracie Mews）、79号街餐厅（79th Street Diner）、午夜快捷餐馆（Midnight Express）。如果你在某个周六的凌晨两点，看见我们五六个人挤进餐馆的一个小隔间，也不必大惊小怪，拥挤的角落可以拉近我们的距离，在我们一边吃着薯条或者品尝着又一杯浓稠的奶昔，一边交换着战争故事时，亲密感油然而生。我们都在这儿。这大概也是为什么好莱坞常将小餐馆设置为剧中制定计划、缔结同盟或幽会被发现的地方。

但要知道，街边小餐馆最初是为服务于独行的司机而产生的，因而最合他们的心意。还有哪里可以让人只花15分钟就能吃完饭继续赶路？还有哪里可以让人整夜不眠，却全然不觉孤单？大多数这类餐厅的传声效果都很不错，坐在柜台前，你几乎可以听到人们吐露的每一个音节。既然能这么方便地偷听人谈话，你也不用带着书了。

距我父亲去世到现在已经将近十年了，但他一定会很乐于知道我又有满盘满盘新的发现：皮克斯基尔商业中心“上了年头但很棒”的中心餐馆（Center Diner），卡茨基尔山下供应新鲜有机菜品的腓尼基餐厅（Phoenicia Diner），还有西90号街的城市餐馆（City Diner），在那里我狼吞虎咽地吃了一个三明治。以及西埃卡尼克餐馆，我和那儿的厨师一起吃了午餐。因为他的缘故，父亲带走了我儿时最爱的一些东西。本垒餐厅几年前倒闭了，安迪大叔往日的魅力也逐渐褪去。

近来，当我在安克拉姆的餐馆仔细读着塑料封面的菜单时，会想象自己是同父亲在这里一起吃饭。我会去空荡的柜台，坐在一个破烂的蓝色凳子上。他来晚了，穿着一件皱巴巴的海军蓝外衣和卡其裤，打薄的头发梳向一边。我会看到一张灿烂的笑脸，感到他轻拍我的后背，看了看手表然后给我一句道歉。他会迫不及待地想跟我叙旧，但首先，他会说，让我们点餐吧。“想吃点什么吗？”西埃卡尼克餐馆戴眼镜的服务员问我。“是的。”我说，然后决定来份金枪鱼。

“当咖啡端上来的时候，
他会倒顶针那么大分量的咖啡在他装奶油的
空器皿里，递给我尝一口，
我就是这样第一次知道了咖啡因的滋味。”

1873年7月21日，星期一，植物学家威廉·吉尔福伊尔（William Guilfoyle），一位在审美上独具慧眼的英国人被任命为墨尔本皇家植物园园长。他二十年前移民到了澳大利亚，从阳光四射的北部亚热带地区到新南威尔士广袤的蓝绿色海岸都留下了他探索的足迹。他认为园林建筑学不应只为服务于科学研究而存在。吉尔福伊尔非常在意色彩、质感和光线，并且进行了大量的景观创作。这种纯艺术的路线惹怒了他的某些同辈，因为后者对植物研究更感兴趣，他们设计户外空间也仅仅是为研究提供场地。广受推崇的植物学家斐迪南·冯·米勒（Ferdinand von Mueller）是这座植物园的前任园长。为了杀杀吉尔福伊尔的威风，他曾将这位33岁的继任者称为“对科学知识一窍不通的园艺工”。

虽然年纪太轻，且被同侪们一致认定“充其量不过是一个名誉加身的园丁”，但吉尔福伊尔在园林方面的远见使植物园变成了墨尔本最受喜爱的公共场所。树、花和其他植物在他手中就好像画家的画笔，能描绘出优美的远景、连绵起伏的草坪，以及被五彩缤纷的鲜花环绕的湖泊。在亚热带地区旅行的经历启发他用棕榈和其他叶片植物创作了精巧的蕨类植物谷（Fern Gully）。他还建造了“风之神殿”（Temple of the Winds）以纪念这座植物园的创始人查尔斯·拉筹伯。在吉尔福伊尔打理下的植物园一举成功，在本地人、达官显贵甚至是国际名流中广受赞誉。波兰钢琴家、作曲家和政治家伊格纳西·帕德雷夫斯基1904年到此一游之后，评论吉尔福伊尔“用树木打造园林如同音乐家在创作乐曲”。英国著名的侦探小说家阿瑟·柯南·道尔形容这座园林是他见过的“毋庸置疑最美丽的地方”。

如今，墨尔本无愧于“花园城市”的美称。俯瞰全城，城市建筑点缀于大片绿地之中，这得益于将近480公顷的公园和花园覆盖面积。城内有超过7万棵政府安排种植和管理的树木，它们将墨尔本塑造成一座充满活力的绿色大都会，市中心布满了大大小小浓荫遍地的休息区以供小憩。居民们快乐地在这些绿色空间周围活动，习惯了这种不出中心商业区便能远离城市喧嚣，享受公园宁静的生活。

▶▶▶

◀◀◀

墨尔本注定与绿色为伴。1851年至1854年，查尔斯·拉筹伯被英国政府任命为维多利亚这块新殖民地的首任副州长，任职期间，他对自然保护倾注了满腔热忱。从气候、生态环境到大片未开发的荒野，他对澳大利亚的一切事物都深为着迷。墨尔本市成立之初，拉筹伯就在市内和市郊规划出大片土地作为公园绿地。尽管城市在不断发展，他的“遗产”却都留存了下来。公园、壮观的林荫道、简朴的私家花园、一片片还在不断扩大的社区菜园和花坛，如同咖啡、街头艺术和曲径小巷一般，是墨尔本生活的典型写照。

卡尔顿花园（Carlton Gardens）是因1880年墨尔本世界博览会而建，这里不仅吸引着野餐者、建筑迷和游客，还被联合国教科文组织列入了世界遗产名录。南部园区的特色在于油油绿草覆盖的小山、丛集的树木，以及原世界博览会入口处的喷泉。北部园区的主干道两侧矗立着不计其数的橡树和榆树，如同童话世界中的华盖。这座总面积26公顷的长方形花园中还藏着墨尔本博物馆，点缀着各种澳大利亚本土植物，如常绿莫顿湾无花果树，还有白杨、法国梧桐和雪松。

皇家公园（Royal Park）坐落于墨尔本市中心以北仅4公里的乡村地带，是一片原始林区和野生动物栖息的湿地。170公顷的空间中有如马赛克般的辽阔草地、起伏的山峦和令人目不暇接的体育和娱乐设施。这里还有一座石堆纪念碑。1860年，澳洲探险家伯克和威尔斯正是从这里出发，踏上了他们探索澳洲大陆的旅程，最终没能生还。旗杆花园（Flagstaff Garden）和此地仅隔着几个街区，是墨尔本最受欢迎的公共场所之一。宽阔的绿色草坪深受当地上班族的欢迎，游客们也都很喜欢这里。这座花园建成于1863年，以附近一座山上立起的地标旗杆命名。与此同时，醒目的榆树大道、玫瑰花坛和保龄球草坪也是旗杆花园引以为荣的地方。

市中心的三块绿地在东南部，分别是雅拉公园（Yarra Park）、菲茨罗伊花园（Fitzroy Gardens）和马尔公园（Birrarung Marr）。马尔公园于2002年建成，是墨尔本大型公园中最新的，这里展出许多为了宣传澳大利亚本土文化而设计制作的公共艺术作品。它的名字“Birrarung Marr”有“雾气弥漫的河流”以及“河岸”的意思，源自欧洲人移民至此时，还在此地生活着的当地土著乌兰德杰瑞人（Wurundjeri）使用的语言，Woiwurrung语。本土艺术家黛博拉·哈尔彭（Deborah Halpern）创作的双头天使雕塑是这个公园的特色展品。此地也是联邦钟林（Federation Bells）的所在地，常常使年轻游客们开心得放声尖叫。钟内设有软件，可以播放超过30首乐曲。钟声每日奏响三次，其官方网站甚至设立了专栏，让音乐新秀们创作他们自己的音乐作品。夜幕降临，被点亮的联邦钟林越发漂亮，它们眺望着整个城市荧荧闪烁的灯火和雅拉河，这种美景是连威廉·吉尔福伊尔也无法想象出来的。■

LOOSE LEAF

地址：*31 Sackville Street, Collingwood, VIC 3066*

*Loose Leaf*是看起来像工作室和展厅一样的植物售卖店，店内摆放的植物种类繁多，让人印象深刻。店内大部分都是绿叶植物，有一些在墨尔本文化遗产花园和植物园里也能找到，因此这里是选购室内绿植的好地方。

这家店是由*Wona Bae*和*Charlie Lawler*合伙经营的，就在*Collingwood*的中心地带。*Wona*是韩国人，先是学了插花，然后取得了园艺学本科和花艺的硕士学位。在塔斯马尼亚长大的*Charlie*有设计专业的硕士学位，在永续生活设计（*Permaculture*，又称"朴门学"）领域有过一些尝试，并组建了一个创意定制工作室——*Open Season*。

他们两人的合作，开创了一个独特的概念，创造了一个精选绿植的展览，也为植物设计找到了目标。

looseleafstore.com.au

24 小时

吃喝玩乐好去处

摄影：*Cindy Chen & Rich Stapleton*

住宿

THE PRINCE

地址：*2 Acland Street, St Kilda*，*VIC 3182* 官网：*theprince.com.au*

早餐

TOP PADDOCK

地址：*658 Church Street,Richmond*，*VIC 3121* 官网：*toppaddockcafe.com*

购 物 ： 室 内 装 饰

J A R D A N

地址：*522 Church Street，Richmond，VIC 3121*　官网：*jardan.com.au*

午餐

MINA-NO-IE

地址：*33 Peel Street*，*Collingwood*，*VIC 3066*　官网：*minanoie.com*

购物：造型

INCU

地址：*Shop ALC9&12,Albert Coates Lane, Melbourne*，*VIC 3000*　官网：*www.incu.com*

晚餐

CHIN CHIN

地址：*125 Flinders Lane, Melbourne*，*VIC 3000*　官网：*chinchinrestaurant.com.au*

大洋路

GREAT OCEAN ROAD

A PHOTO ESSAY

摄影：*Rich Stapleton*

巴 斯

B A T H

U N I T E D K I N G D O M

51°22'39.6"N 2°21'25.6"W

乔 治 时 代 的 风 尚

巴 斯 的 标 志 性 建 筑

GEORGIAN ORDER

THE DEFINING ARCHITECTURE OF BATH

文字：*Charlie Lee-Potter* 摄影：*Rich Stapleton*

CIRCUS

21

迷上巴斯有数不胜数的理由。尤其是它的名字“Bath”，既是动词也是名词，如此简明扼要地道出了它富水的本质。即便我从未到过那里，这个名字本身也足以让我爱上它。最初，罗马人被巴斯的温泉吸引到这里，两千多年过去了，这里美丽的古典建筑依然让游客们心驰神往。小时候，我就常常去巴斯游玩。巴斯之旅于我和姐姐而言既是一场冒险游戏，又能让我们尽兴而归。那时候，母亲常常会工作到很晚，有时她会突然宣布：“我们明天要去巴斯。”这会立刻让我们激动不已，但也给我们带来一种舒心的愉悦，因为有好的事情将要发生，这不是我们单方面的期待，而是得到确认的事实。每次，我们都会早早起床准备食物，确保香肠的每一面都烤得恰到好处，用锡箔纸和几张报纸包好，然后坐上我们摇摇晃晃的大众牌甲壳虫车，开始这段112公里的旅程。中途我们会停车享用尚且温热的香肠。到巴斯后，我们会用一整天的时间漫无目的开心地闲逛，直到迷路才打道回府。对我而言，巴斯不只是名词、动词或者富水的代表，更是一种浓浓的怀旧之情。

最近，我又去巴斯度过了幸福且完整的一天。这一次，我带上了一幅完成于1830年的巴斯城地图，那个时候，巴斯雄伟壮观的乔治风格的建筑群已经建成。我很好奇，想看看这幅将近200年前绘制的地图能否带着我在这个城市畅行无阻。答案是肯定的。伴随着时代变迁和频繁的城市重建，这种情况已经越来越稀有。

接下来，你们也可以参与进来：请想象自己就站在我开始行走的位置，然后跟随我的脚步。首先，想象一下你面前有一圈气派的房子，即圆形广场（The Circus），是建筑师约翰·伍德（John Wood）在18世纪50年代根据罗马斗兽场的样子兴建的。然后，让你自己站到虚拟表盘的6点钟方向，顺时针沿着建筑物漂亮的弧度步行。这些高耸的方方正正的房子，带着大片不列颠海边潮湿的沙子的颜色，你一定会不住赞叹，还有装饰着二楼窗户的精致的金银丝阳台，也一定会让你点头称赞。当

▶▶▶

◀◀◀

你回到出发的地点，请离开圆形广场沿着盖伊街（Gay Street）向下走，这条街道很明显地斜向女王广场（Queen Square）。你会发现，女王广场的房子比圆形广场的更美观，但颜色仍然是令人舒心的深浅不一的赭黄色，显得十分华贵，那些喜欢在雨天的沙滩上堆沙堡的人一定会喜欢这样的颜色。然后沿着女王广场的一面边走边观赏，再右转90° 观赏它的另一面，其后再次右转90° 继续观赏新的一面，最后一次右转90° 回到刚开始的地方。整个路程耗时约9分钟。知道我们刚才做了什么吗？如果实在想不出来，将刚才路线在地图上标记出来，你就会清楚我的意思——我们的足迹组成了一枚完整的老式钥匙的形状。老约翰 · 伍德是共济会的成员，因而许多人猜测这把藏在建筑物里的钥匙，隐秘象征着共济会。尽管可能确有其事，我更愿意将这把钥匙设想为与巴斯城有关的一个隐喻，代表着它既顽皮又优雅的精神特质。在这里，新月形、阶梯状、方形和圆形交错重叠，但它只将真实的自我展现给行人，开车的人是无法领略的。

走在巴斯的街道上，你会发现它双重魅力的关键所在，并惊异于它转换自如的能力。正如查尔斯 · 狄更斯在他的小说里赋予伦敦某种性格特质，简 · 奥斯汀同样在自己最后，也是最富政治性的小说《劝导》中，赋予了巴斯某种性格。小说中青春已逝的女主人公安妮，最终逃离了贵族会客厅令人压抑和窒息的氛围。当她坚决地走向自己的爱人温特沃斯上校，开始自由冒险的幸福生活时，人们看见她在巴斯联合大街（Union Street）宽阔自由的斜坡上散步。于是巴斯不但是名词、动词、某种本质和怀旧情绪，也成了一种隐喻。

尽管先是第二次世界大战的炸弹袭击毁掉了巴斯的大量建筑，接着在60~70年代，许多最具历史意义的特色建筑也被当时的城市规划者不择手段地拆除了，但巴斯的大部分建筑瑰宝仍然在各种侵袭中幸免于难。巴斯也是英国唯一一座全城被联合国教科文组织列入世界遗产名录的城市。直至今日，许多建成于18、19世纪的建筑仍然完好无损。1962年，英国桂冠诗人约翰 · 贝杰曼爵士（Sir

▶▶▶

走在巴斯的街道上，你会发现它双重魅力的关键所在，
并惊异于它转换自如的能力。

John Betjeman）为一部幽默讽刺影片配了画外音。他在影片中向观众们警告，如果赋予那些冷漠无情的城市规划者以权力，可能对巴斯造成什么样的伤害。其中一段极其出色的表演，是他与一个鼻音浓重的地产开发商之间的对话。这位开发商只能在混凝土楼梯间和烟草广告牌上发现美。影片镜头在巴斯的一栋全新市政大楼逗留，大楼的轮廓令人大吃一惊，因为它像极了一个硕大的下蹲的臀部。贝杰曼想象中的地产开发商充满赞许地看着楼房，用愉快的鼻音宣称“建筑物必须如实且真诚地表现自己，例如这栋建筑应被命名为‘建筑界的终极臀部’”。

如同《哈利·波特与死亡圣器》中芙蓉·德拉库尔的婚礼上，她的美貌让簇拥在她周围的人也变得好看起来，巴斯的石头和建筑物也让最平常的小店变得熠熠生辉。如今像安妮那样在联合大街上散步，你会发现许多沉闷平庸的连锁商店，它们在世界各地无处不在。尽管如此，在巴斯，它们却很好地伪装了起来，穿上此地的黄石墙外衣，藏到了和谐的古典建筑之中。仍然是贝杰曼，他在诗作《In a Bath Teashop》（在巴斯的茶室）中捕捉到了这座城市如炼金术般神秘的特质：

让我们沉默不言，为了我们对彼此的挚爱——
让我们紧握双手再观察
她，这样一个平凡的小女人
他，这样一个大骗子
但一瞬间，两人近乎天使
在茶室的壁炉边

巴斯不仅是名词、动词、某种本质、怀旧的情绪和隐喻，至少对贝杰曼而言，这里也是能让人变成天使的地方。■

安格泡万向灯

一盏标志性台灯

ANGLEPOISE

AN ICONIC LIGHT

文字：*Charlie Lee-Potter* 摄影：*Anders Schonnemann*
艺术设计：*Nathalie Schwer* 特别感谢：见*66*页

在安格泡的灯光下试图描述它不禁让人有些心怯。它的形状像一个人，拥有瘦长轻盈的肢体，可以转动但稍显古怪的脑袋。假如我是一名肖像画家，当它转过头来高深莫测地盯着我时，我如何能捕捉到这个对象的外观和个性呢？

放置在我桌上的这盏安格泡万向灯是铝制的Type 75，2014年，安格泡公司与英国品牌Paul Smith联名发布的有灰、粉、红、蓝四色的限量版台灯也是这一型号。但我私下更青睐弯折度更具美感的Original 1227。我知道我的语气开始有点像老爷车的收藏家了，可这也正是安格泡带给我的影响。而且拿车来做比喻并没有什么不恰当，因为安格泡万向灯是巴斯一位精通悬挂系统的汽车工程师在1932年设计发明的。这位正好名叫乔治·卡沃丁（George Carwardine，姓的字面意思为保卫汽车）的设计师意识到，选用可以调整并将其保持在任何我们想要的位置的弹簧系统，会让普通的台灯变成完美的可调节台灯。他最早的设计方案使用了四根弹簧，但对本土市场而言太过复杂，所以弹簧的数量减少到了三根。每次想到这里我都觉得实在滑稽，就如同人们认为玛丽莲·梦露太过性感便让她把口红的颜色涂浅一点，好像这么做真能有很大不同似的。这种台灯最初被命名为“Equipoise”（平衡），但被商标部的人否决了，因为他们觉得这个名字太过普通。虽然我不知道那时候的人哪来的语言天赋，轻而易举就把它否决了，但谢天谢地，这个听起来像是医治更年期综合征的药物的名称终于像块烫手山芋，被远远扔掉了，取而代之的是无限风靡的“Anglepoise”。

在詹姆斯·邦德的电影《007：大破天幕杀机》中，安格泡万向灯被赋予了行走的能力。它还被印在了邮票上。在萨尔曼·鲁西迪（Salman Rushdie）的小说《午夜之子》（*Midnight's Children*）中，主人公萨利姆·西奈（Saleem Sinai）也在安格泡沉静而明亮的光线中写下他的故事。在英国音乐人彼得·盖布瑞尔（Peter Gabriel）1982年的MV《恐吓猴子》（*Shock the Monkey*）中，真人大小立方体的万

▶▶▶

THE LOVERS
Atelier Bow-Wow
behaviorology

◀◀◀

向灯也被赋予了生命。安格泡灯同人的相似性很早就被认识到了。不仅是它的形状像人，更在于它会积极响应你的需求，无论你想让它立在什么地方。这种特质让它获得了生命的气息，如同一只训练有素的西班牙猎犬。

它像小狗一样的特点也被皮克斯动画工作室出色地发掘了出来，他们制作的首部动画短片《顽皮跳跳灯》（*Luxo Jr.*）也标志着皮克斯的成立。这部迷倒观众们的影片，其灵感来自于皮克斯的创建者约翰·拉赛特（John Lasseter）桌上的安格泡台灯。一盏年少活泼的安格泡灯在和一只橡皮球快乐地玩耍，它的父母在一旁慈爱地看着。如今，安格泡台灯和《美食总动员》里的小米、《玩具总动员》里的胡迪、《超人总动员》里的超能先生一样，是皮克斯不可分割的一部分。它甚至出现在了皮克斯公司的标志中。

真正经典的设计，其成名轨迹可以在与之相关的都市神话中找到线索。想想苹果公司的标志的故事，数学家阿兰·图灵咬了一口混入了氰化物的苹果，这致命的最后一咬成了设计这个标志的灵感来源。这个故事是彻头彻尾不真实的。另一个传言认为咬苹果的“咬”（bite）是对“字节”（byte）的戏拟，因为它们发音相同，然而这也是假的。事实上，设计苹果被咬了一口的原因源于设计师担心它太像樱桃。虽然如此，和安格泡有关的最妙的故事之一却是完全真实的。20世纪40年代，BBC为员工们制作了一份指南，以防止有淫秽或者讽刺性的内容混入到节目中。迈克尔·施坦丁（Michael Standing），这本绿皮书的作者，在其中规定：除非顶灯也同时开着，否则任何员工不得在安格泡的灯光下工作。他认为这样做的危险在于，安格泡提供的那种私密、亲昵的光线会令人想入非非。我觉得施坦丁先生确实把握到了某种东西，虽然这与他当时所想毫不相关。在安格泡台灯下工作的确有一种异常私人化的体验，仿佛这片灯光为你而生，只为你而存在。就像是一只上了弹簧的神气十足的小狗，期待着你能创作出最好的作品。■

CREDITS

特别感谢

PAGE 58

Original 1227 台灯，***Anglepoise***
凳子，***Nicoll***（*from Beau Marché*）

PAGE 61（上图）

*Original 1227*壁灯，***Anglepoise***
桌子，***Gubi***　大理石盒子，***Hay***
沙发，***Fredericia Furniture***　靠垫，***Hay***

PAGE 61（下图）

*Type 1228*台灯，***Anglepoise***
桌子&花瓶，***Klassik***　盘子，***Würtz***

PAGE 62

*Type 75*墙灯，***Anglepoise***
凳子，***Klassik***

PAGE 64

*Type 1228*墙灯，***Anglepoise***
沙发椅，***Klassik***　靠垫，***Beau Marché***

PAGE 65

*Type 75*台灯，***Anglepoise***
饮料车，***Christophe de la Fontaine***（*from Beau Marché*）
大理石盒子&玻璃水瓶，***Hay***
大理石碗，***House Doctor***

PAGE 66~67

*Type 75*长吊灯，***Anglepoise***

封面图片

Original 1227 台灯，***Anglepoise***
*Grossman*办公桌“*62-series*”，***Gubi***　椅子，***Fredericia Furniture***
大理石&玻璃盒子，***Hay***

读书要紧

关于书与阅读

PRINT MATTERS

PAPER GOODS & GOOD READS

文字：*Rosie Sharratt* 摄影：*Rich Stapleton*

在我的观念里，对阅读的热爱是生活所能给予的最令人满足的体验之一。遗憾的是，虽然它是灵感火花的庇护所，或是让人的精神获得新生的港湾，真正崇拜文学的人依然寥寥无几。仅有的几分书卷气也都隐蔽在偏僻小巷或城市的角落里，它们宁静的魅力在忙碌喧嚣的现代生活里被轻而易举地忽视了。然而，在巴斯这座蜜色石头筑成的城市里，无论是重燃对书本的热情，还是对其一见钟情，都变得十分容易。几个世纪以来，英国西南部的这座静默的温泉之城，激发了各类文坛人物的想象力，许多灵思涌动的作品在这里被构思并创作出来。简·奥斯汀曾多次将巴斯设置为故事发生的背景，在小说关键情节，她还会将人物置于巴斯城内明确可辨的地点，例如米尔森街（Milsom Street）和石径（Gravel Walk）。狄更斯的《匹克威克外传》中匹克威克先生的原型据说是巴斯白鹿旅馆（The White Hart Inn）的店主摩西·匹克威克（Moses Pickwick）。罗尔德·达尔的短篇惊悚小说《女房东》（*The Landlady*）的故事也发生在这里。剧作家和诗人布林斯利·谢里丹的杰作《对手》也将故事背景设在了巴斯。

巴斯的书店也鲜明反映出了当地辉煌的文学历史。塞得满满的书架充溢着灵感和神秘感，迎接着求知若渴的读者、幻想联翩的创作者以及怀着各种好奇心的人。恰如其分的是，在书店旁还能找到文具店和创意商店，摆满了精挑细选的独立杂志以及练习写字需要的一切材料。这里似乎没有只为购物而来的真正的顾客，也不需要他们来搅乱这里的书卷气。这里也没有以貌取人的势利，只有热情的欢迎和周到的服务。无论你读什么，为什么而读，当你漫步于书架间，很快，你就会发现自己已进入文字的世界。

▶▶▶

ORDNANCE SURVEY.
BATH.
1 INCH TO A MILE.

BATH OLD BOOKS

BATH OLD BOOKS

地址：*9c, Margarets Buildings, Bath*，*BA1 2LP*

在Bath Old Books书店光洁的红色大门背后，是占满足足两层楼的二手宝贝。艺术、绘本、文学、建筑以及其他各类书籍在这个兼容并蓄的地方都占有一席之地。五名店员一起管理这里的藏书，每个人根据自己的专长分管不同的区域。如果你想找某本书，这里并没有详细书目可供参考，也并不需要，只用找其中某个店员聊聊就好。他们对这里的藏书的了解不亚于你对你自己书架的了解。当然，你可能更喜欢自己在一排排书架间浏览。推荐这里的历史类地图，与这个书店本身一样，它们都散发着另一个时代的魅力。

F O U N D

地址：*17 Argyle Street，Bath，BA2 4BQ* 官网：*foundbath.co.uk*

这家充满现代风格的精品店，从新的角度诠释了巴斯悠闲的节奏。店主Olivia和Nik说：“这座城市所独有的宁静为创意留出了空间。”他们追求“未知、经典和现代”，因此，店内备有很多让人垂涎的文具和独立杂志，也有衣物和饰品。能够在Found的货架上占有一席之地的独立杂志，一定要能提供深度且独特的见解。他们认为：“重要的是，这些杂志能做到一期更比一期精彩。”店内还有一块引人注目的角落，放有凹版印刷的卡片、设计精良的笔记本和其他精巧可爱的文具。Olivia和Nik还一直致力于搜寻新的设计师，“我们看重经典设计，但同时也在找寻新鲜有趣的产品和品牌，将它们引入英国。这是我们的使命。”

FOUND
16
FOUND
F
FOUND

Poetry
Poetry

TOPPING & COMPANY

地址：*The Paragon*，*Bath*，*BA1 5LS* 官网：*toppingbooks.co.uk*

Topping & Company书店坐落在布罗德街（Broad Street）顶端，门口刻着草书的店名，笔画复杂而流畅。这家书店虽然外表朴实无华，却吸引了大量读者。它以出售首版书和举办知名作者的签售活动而闻名，广受欢迎，也总能给人留下深刻印象。先观察一下店内温馨的木质书架，不多久，便会有免费的热茶和饼干送到你面前。这家书店不仅青睐那些家喻户晓的作家，对后起之秀也热烈欢迎。“只要是好书，我们就会推荐。”店员凯瑟林·史密斯（Kathleen Smith）说，“我们举办的作者座谈或签售活动，能吸引少则30人，多则500人来参加。”作为罗伯特·托平（Robert Topping）创立的三家独立书店之一，巴斯店引以为豪的地方在于，这里的书籍品类齐全，它们被整齐地摆放在手工书架上，一排一排延伸到书店迷宫般的深处。

插曲

INTERLUDE

STYLE, CULTURE & MISCELLANY

A GLOBAL SELECTION

精选

女士必备

摄影：*Rich Stapleton* 造型设计：*Rosa Park*

白色系扣领衬衫

MHL by Margaret Howell

堆 叠 戒 指

Various

日常布洛克鞋

Dieppa Restrepo

标 志 性 香 气

Le Labo

丝 巾

Hermès

精选

男士必备

摄影：*Rich Stapleton*　造型设计：*Rosa Park*

皮 质 运 动 鞋

Common Projects

牛 津 衬 衫

J.Crew

经典黑色皮带

Bottega Veneta

时 计

Nomos

圆 领 套 头 衫

Sunspel

维特拉设计园

家具与建筑的融合

VITRA CAMPUS

FURNITURE & ARCHITECTURE AS ONE

文字：*Richard Aslan*　　摄影：*Rich Stapleton*

德国的莱茵河畔魏尔（Weil am Rhein）是图灵那山（Tüllinger Moutain）庇护下的一座宁静质朴的城市。市中心的一幢灰色的无名高楼边上，有一个高达数米，用灯芯体（sans serif）写的“Stadt der Stühle”（椅子之城）的标识。莱茵河畔魏尔有一条查尔斯–埃姆斯大街（Charles-Eames-Straße）， 如果你行至尽头左转入罗马路（Römerstraße），只用几分钟的车程，你就会穿过莱茵河，同时进入法国境内。如果你左转两次进入穆尔海默大街（Müllheimer Straße），一路向正南方行驶，同样要不了多久，你会发现自己已经越过了无形的边界线到达欧盟之外，正身处瑞士巴塞尔的郊区。与此相对，柏林远在距此地858公里的东北方。维特拉设计园正位于查尔斯–埃姆斯大街。此地拥有将各种元素兼收并蓄的天赋，也隐喻着维特拉公司不拘一格的精神特质。

如果维特拉拥有一副面孔，它一定酷似罗尔夫·费尔鲍姆（Rolf Fehlbaum），维特拉公司的CEO。这个面色苍白、神情专注的男人常常穿一件白色开领衬衫,搭配他标志性的黑框眼镜和剪裁合身的外套。但别被他简洁的形象所骗，极简主义在这里并不是主流，万花筒般的复杂多样才是维特拉的标志特征。罗尔夫出生于1941年，是埃里卡·费尔鲍姆（Erika Fehlbaum）和威利·费尔鲍姆（Willi Fehlbaum）夫妇的长子。这对夫妇还有另一个孩子——维特拉公司。1957年，罗尔夫16岁，维特拉公司开始生产由蕾·伊姆斯和查尔斯·伊姆斯夫妇，以及乔治·尼尔森设计的椅子。维特拉公司起初用成型胶合板和手工皮具作为家具用材，并相应设定了高昂的标价。但很快，它生产的产品在设计上越来越显示出独特性，继而开始大批量采用普通涤纶制品作为原材料。1965年出厂的潘顿椅是全世界第一把塑料椅，外观呈流畅的猩红色“S”形。受到二战前就已流行于设计界的一些想法的启发，丹麦设计师维纳尔·潘顿构想出它的样式，埃里卡和威利促成了它的诞生，北美设计巨头赫曼·米勒对其成品进行市场推广，并同维特拉公司开始了长达数十年的合作。

▶▶▶

◀◀◀

当第一批潘顿椅投入市场时，罗尔夫正安坐在德国弗莱堡大学巨穴般的图书馆内，努力完成他的博士论文。他的论文选题清楚表明了这位通才的倾向：克劳德·昂利·圣西门，19世纪的一位社会学家和思想家，他经常被引用的名言是“一切社会都建立在工业之上”。毕业之后，他在自家公司短暂待了一阵子，然后开始广泛的职业探索，在编辑、电影、建筑和教育等行业工作过。十年之后又回到家族企业，从此以后再没离开过这里。随着罗尔夫开始执事，多样性、视野和规模成为维特拉公司的座右铭。在他的带领下，维塔拉公司进行了跨国界的扩张整合，如饥似渴地收购其他公司。他把沃伦1849年设计的向心弹簧椅，霍夫曼1905年设计的可调后背椅，劳埃德·赖特1921年设计的孔雀椅俱收囊中，又收集了凡德罗1927年设计的弯曲钢管扶手椅MR10，塔隆1964年设计的螺旋楼梯M400，和波林1967年设计的No.577舌头椅。扶手椅、花园椅、胶合板椅，设计大师柯布西埃、阿尔托、野口勇……这份名单变得越来越长。很快，罗尔夫的藏品数量就多到足以设立他自己的博物馆，他也的确这么做了。如今，他的家具藏品规模位居世界前列。

1981年7月20日清晨4点，电闪雷鸣，暖风煽动着火焰，到早上，维特拉在莱茵河畔魏尔的一半生产设施已化为灰烬。虽然早前的先例让人们对罗尔夫拒绝使用毫无个性特征的活动房屋并不感到惊讶，但即便是重新设计建造美观的厂房的建议也很快被否定了。英国建筑师尼古拉斯·格雷姆肖（Nicholas Grimshaws）设计建造的巨穴般的工厂刚一落成，费尔鲍姆便开始了与他的合作。由此，新的一轮搜寻开始了，但这一次，对象是建筑物。

弗兰克·盖里设计的维特拉设计博物馆完工于1989年，带有其著名的不规则曲线造型和像玩具城般的屋顶。其后是扎哈·哈迪德设计的混凝土建筑，名为“frozen explosion ”。这座建成于1993年的消防站是哈迪德的建筑处女作，她在过去积累的经验教训为这座建筑的落成打下了良好基础。硕大的帆状屋顶是为了庇护设计园的志愿消防队而设计的，而它的名字只是一个噱头罢了。

▶▶▶

PINK FLOYD
THE WALL

很快，罗尔夫的藏品数量就多到足以设立他自己的博物馆，他也的确这么做了。如今，他的家具藏品规模位居世界前列。

◀◀◀

紧接着，在同一年，由安藤忠雄设计的会议中心建成，这座灰色建筑连同四周铺设的草坪一起，被灰墙围了起来。1994年，葡萄牙建筑师阿尔瓦罗·西扎在园内设计了一片互相连通的实用建筑群，实现了费尔鲍姆的决心，即逐渐壮大的设计园应无处不表现出某种设计主张。2011年，西扎又被邀请回来设计了一条长500米的走道，强化了Herzog & Meuron建筑事务所设计的“维特拉之家”（VitraHaus）所体现的那种平衡中的变化感。维特拉之家里常年展示着维特拉公司的产品，从外观上看，像是一个个长形仓库堆叠而成，每个仓库前端都开有落地玻璃窗，这是一个设计狂热者对亚历山大图书馆的致敬。2012年，妹岛和世与西泽立卫主理的SANNA建筑事务所设计的厂房完工，白色垂帘般的外墙呈波浪状，有如海啸一般，在外墙覆盖下的巨型卡车看起来像矮小的工人，支撑着一位膨胀的女王。

维特拉设计园这片建筑拼盘的最新成员是卡斯特·奥莱（Carsten Höller）设计的金属巨塔，同其他建筑相比，它似乎更极致地体现了费尔鲍姆对设计的追求。奥莱设计的建筑物高达30.7米，塔顶是一座时钟。时钟的指针每十二个小时会短暂合成一次维特拉公司的logo，绝佳展示了极繁主义的特质。但仿佛以上这些细节都还不够似的，这座巨塔还被长达38米的滑梯缠绕着。在它的落成典礼上，人们会不禁联想，能有多少人敢第一个吃螃蟹，偷偷把她们的高跟鞋扔到背后，天旋地转地滑下去，即使自己的斜刘海被弄乱，也仍然纵情尖叫呢？毋庸置疑，罗尔夫·费尔鲍姆肯定是其中之一，伴随着衬衫被风吹起滑下来。在维特拉公司的成长过程中，因为它不断更新自我的需求，公司的发展模式也发生了很多变化，唯一不变的只有必须不断成长的理念。在21世纪的设计领域，维特拉的野心在于让这里的新兴创意去影响住宅和工作场所的设计，以及我们所购买的产品的制造方式。这个由埃里卡和威利的长子所建造的幻境之地，吸引着世界各地的游客。设计，在这里，是一种极端严肃的游戏。■

地址：Charles-Eames-Straße 2,79576 Weil am Rhein，Germany

官网：VITRA.COM/CAMPUS

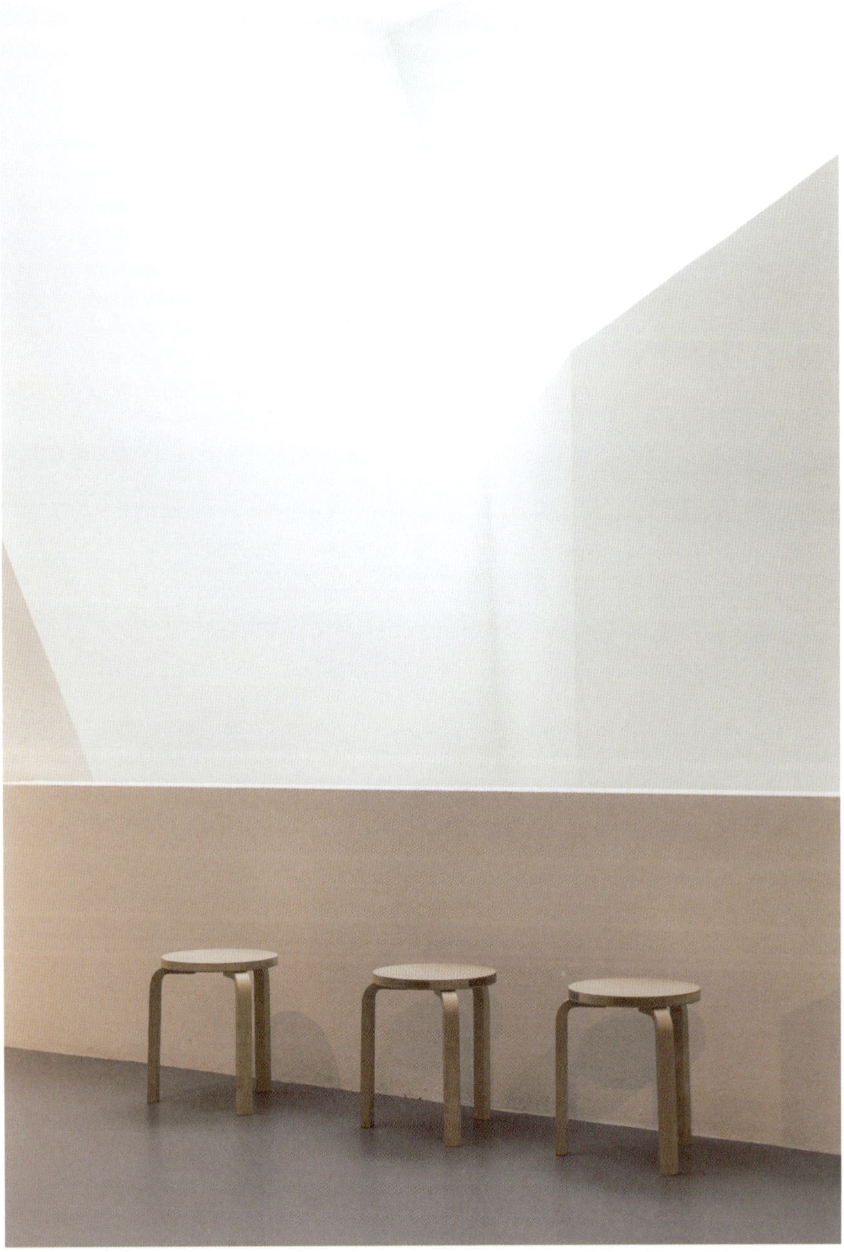

Le Labo

专访Le Labo香水联合创始人法布里斯·潘特

文字：*Lucy Brook*　　摄影：*Justin Chung*

在Le Labo（法语“实验室”）公司位于纽约SoHo区的总部，墙上贴有一张牛皮纸，纸上手写着几行字：“你不深刻，你不是知识分子，你不是艺术家，你不是诗人，你拥有的只有高速网络。”坐在办公室里，窗子向着锻铁的阳台而开，远眺着曼哈顿灰蒙蒙的天空，法布里斯·潘特（Fabrice Penot）仿佛就由他周围的这一切组成。如同Le Labo——他在2006年和艾迪·罗斯基（Eddie Roschi）共同创建的香水公司——从未因成功而改变自己的本质，法布里斯也从未让“艺术家”“诗人”“香水天才”这些标签模糊了他最初的目标。

“Le Labo的目的是让生活更美好。”他带着浓重的法国口音，在纽约11年的生活好像从未让他有丝毫改变，“这和香水无关，香水只是一种策略，是一种媒介。如果我们可以创作悦耳的音乐，我们就会成为在街头演奏的音乐家，只是我们不知道怎么做音乐。我们唯一擅长的就是制作香水，于是我们就以这种方式去讲故事，去打动别人。”

Le Labo的香水的确打动了很多人。法布里斯收到了成堆的来信，在信中，人们将Rose 31（玫瑰31号）、Santal 33（檀香33号）以及Patchouli 24（天竺薄荷24号）这三种香水的味道带给他们的感觉分别形容为浪漫、激情和令人心碎。尽管已被化妆品巨头雅诗兰黛公司收购，这个品牌仍然维持着小众的市场定位，全球仅有35家分店，平均每年仅推出一款香水。

法布里斯说：“我们并非那种为了把生意做大而一年出三款香水的品牌。”并表明他和艾迪在雅诗兰黛的收购之后将仍然保持对Le Labo完全自主且充满创意的管理方式。

“Le Labo一直被明确的意图和特有的热情推动着，这就是它成了一个独具个性和魅力的大品牌，而非架子上的一些瓶瓶罐罐的原因。假如我们要生产一种新的香水，我们会先问自己‘这款香水问世的意义在哪里？’如果仅是在每年全世界会推出的1400种香水的基础上，再无足轻重地增加一瓶，那么坦

▶▶▶

LE LABO
autrement

SANTAL 26
233 ELIZABETH STREET
NEW YORK NY 10012 USA
HANDLE WITH CARE
DESIGNATION: SCENTED CANDLE
100% SOY WAX - HAND-POURED IN MISSISSIPPI
CONCRETE VESSEL - HAND-CRAFTED IN CALIFORNIA
SCENT: SANTAL 26
CAUTION: BURN WITHIN SIGHT
KEEP AWAY FROM THINGS THAT CATCH FIRE
KEEP AWAY FROM CHILDREN
DO NOT BURN LONGER THAN 4 HOURS
TRIM THE WICKS BEFORE EACH USAGE
FOR A CLEANER AND LONGER BURN

率地说，这是犯罪。在打破沉默之前，我们要确保自己想说的话是有意义的。”

在欧莱雅做了很久的产品开发工作之后，法布里斯和艾迪于2006年创建了香水品牌Le Labo，并推出10种香水。他们制造的令人陶醉的香味很快便吸引了大批顾客。从纽约诺利塔区伊丽莎白街上这间不起眼的旗舰店开始，Le Labo确立了拥有强烈工艺价值追求的与众不同的品牌形象。香水不能申请专利，因而很容易被抄袭。法布里斯承认，一开始自己会被抄袭的行为激怒，但如今他更专注于研发那些独一无二的、无法被模仿的香水。现在，Le Labo已经推出了32种香水，包括9种室内香氛，并以其极具现代性、中性的特点，以及用料的独特性闻名于世。例如Rose 31就用了在法国格拉斯精心挑选的玫瑰花瓣，这种花瓣每千克的价格高达几十万美元。

他强调，这些原料只是帮助自己达到某种目的的工具。“是的，我们的确在使用我们能获取到的最昂贵最特别的材料，但如果你不能用它们研制出迷人的香水，这样做就毫无意义。”他说道，“没人在乎爱德华·霍普或毕加索花了多少钱买作画的颜料。如果我们不能利用这些原料创造出新的东西，如果它们不能改变世界，那它们就是无用的，无论它们有多贵。人们不该因为Le Labo的香水用料高昂就使用它。同样，它精湛的制作工艺也不是‘你应该使用这种香水’的正当理由。你使用某种香水的理由，应该仅是因为它能让你愉悦地开始新的一天。”

法布里斯预测Le Labo在未来几年还会发展壮大，虽然他坚定表示这个品牌将仅会在“有意义的地点”出现，在那里，对它使命的关注不至于被转移。“生活应该像一场冒险。对我个人和这个品牌而言，下一次冒险的确是开疆拓土。”他说，“我想确保自己的热情和创造有意义的事物的渴望依然强烈。人们会因为你做的东西而买单，但他们同样会因为你为什么做这个东西而买单。Le Labo的强项就在于维持人们对‘为什么’的热情，而这个‘为什么’也从未改变：为了让生活更美好。”■

官网：LELABOFRAGRANCES.COM

ORANGE FLOWER
VETYVER

“Le Labo的目的是让生活更美好”

马尔代夫

MALDIVES

文字：*Rosa Park*　摄影：*Rich Stapleton*

我是渐渐适应马尔代夫这个地方的。第一次来这里的时候，我一度怀疑这里自然景色的真实性。波光粼粼的青绿色环礁湖仿佛光晕般环绕在海岛四周，令人震撼不已。纯白无瑕的沙滩散发着灼热的白光，繁盛的热带植物簇拥着蔚蓝色天空。这一切都令人目不暇接。眺望远处，我发现了一棵弯向海滩的棕榈树，正像一幅典型的明信片风景画。随即产生了一种冲动，想给朋友发一条彩信，附上留言：“希望你也在这里！”这些小片段逐渐累积起来，让我开始适应马尔代夫令人陶醉的色彩。一条冰镇毛巾和一杯芳香的冰茶，迎面是夏日的微风，我知道了为什么人们蜂拥至印度洋的这些珊瑚岛上来。此地拥有异乎寻常的宁静，是放松身心的绝佳之地。

马尔代夫丽世度假村

LUX* MALDIVES

在大厅登记入住时，我立刻注意到了左手边的丽世特色咖啡馆，这里供应他们自己烘焙和调制的咖啡。我观察到咖啡师熟练调制拿铁的手艺，确定了这个度假村的现代性。甫至海景别墅，我品尝了由首席侍酒师肯特·希尔迈耶（Kent Scheermeyer）亲手为丽世的客人挑选的ScruCap葡萄酒，然后翻了翻度假村内部杂志，它看上去完全可以摆在一些生活类精品店的货架上，同那些独立杂志以及咖啡桌读物（coffee table tomes，即放在咖啡桌上供客人翻阅的杂志或书，通常大且精致）放在一起。在这里，漫不经心的闲适感和现代风格占主流。岛上我最喜欢的地方是一间名为Senses的休闲酒吧，供应马尔代夫、斯里兰卡和印度风味的菜品。更完美的是，这儿还有一个无边泳池能观赏落日和一览无余的壮美海景。

地址：LUX* Maldives, Dhidhoofinolhu, South Ari Atoll, Republic of Maldives
官网：LUXRESORTS.COM

马尔代夫康拉德酒店

CONRAD MALDIVES

马尔代夫康拉德酒店是一家老牌水疗度假胜地，其优势在于，它的顾客有机会在不止一座被棕榈树覆盖的岛屿上畅游。主岛Rangalifinolhu同与之毗邻的Rangali岛通过500米长的人行桥连通。如果非得在两个岛中做出选择的话，我更偏爱Rangali岛，因为它拥有无限放松的氛围以及“quiet zone”——只对成年人开放的沙滩帐篷休息区。在这里，我拥有一段愉快的回忆。某次香槟龙虾烧烤聚会过后，我摇摇晃晃地走回房间，发誓从第二天起开始戒酒，早晨醒来后又吃了一大份日式早餐便当。这儿的食物令人回味无穷。Rangalifinolhu岛上还有一家叫Mandhoo的餐厅，这里的用餐体验让人难以忘怀：人们坐在户外用桩柱固定的水上餐厅里品尝美食，同时，在100米外的印度洋里，小鲨鱼和魔鬼鱼正游来游去。

地址：Conrad Maldives, Rangali Island, 20077, Maldives
官网：CONRADMALDIVES.COM

谈“品味”

INTERVIEWS ON *taste*.

为了庆祝别册《周末》的诞生，
我们采访了三位我们认为品味不凡的人

劳瑞·斯坦

LORIN STEIN

文字：*Taylor Bruce*

自1953年创刊以来，《巴黎评论》这份如今备受推崇且大胆的美国文学杂志的主编仅有三人。它的第三任主编劳瑞·斯坦放弃了自己在纽约Farrar, Straus and Giroux出版社的光辉事业，在五年前的春天接管了这份杂志。斯坦解释道："我想知道，如果一份季刊能塑造我们对于新写作的思考和阅读方式，它是否能重新变得重要起来。"他来到《巴黎评论》，在一张硕大的便签上概述了他的想法和期待。2010年，主编的位置最终让贤。从那以后，斯坦和他迅速组建起来的班底重申了这份杂志坚毅、发人深思、从不无趣且充满创意的风格特征。"这不是家庭作业。"斯坦在某次采访中如是回答。在那次充满了文学精神的电话采访中，我们同劳瑞·斯坦探讨了关于品味，他作为编辑的角色，梅尔·哈格德（Merle Haggard），以及好的作品为什么像催眠术的问题。

提起文学和品味，你会想到什么？

我认为"品味"一词的名声不大好，因为我们常常把它和出身、阶级划分以及教养联系在一起。但"风格"（style）具有另一个完全不同的语境，主要和潜意识自我表达相关。"风格"似乎是某种内在固有的、深刻的东西，而"品味"却好像某种肤浅自大的东西。但事实上，这二者是同义词。

你在出版业的第一份工作是什么？

我在《出版人周刊》做过兼职校对编辑。我也为诺顿出版公司校对过一个月的侦探小说。

品味是如何产生变化的？

这是个很深奥的问题。我不知道答案。品味很明显会随着时间而改变，这是理解"品味"这一概念的基础。即使是你的私人品味，也会发生变化。作为一本文学杂志的编辑，你会遇到的出乎意料的怪事之一就是，多年以后，你可以回过头，清清楚楚看到你自己的品味和兴趣变化的轨迹。这是一种奇特的副产品。而且随着年龄的增长，你会发现那些你曾认同和喜爱的东西似乎已经开始过时了。几乎没有任何事物能够逃脱过时的诅咒。那些能够在公众品味的转变中幸存的作家，数量微乎其微。当然，正是这极少数的作家创作出了深受我们喜爱的作品。

你认为文学上存在超前于时代的情况吗？

显然，当有些人的品味没有被广泛接受，我们就说他们是超前的。但我认为在绝大多数情况下，一个编辑、出版社或评论家担心的恰好就是某个作品是否超前于时代的问题。于是他们开始预测未来，然后他们基本上都猜错了。我认为超前于时代是一件很有风险的事情，但是它对于我们对现代性的思考和我们的后代而言又至关重要。罗贝托·波拉尼奥的小说就经常围绕这个讽刺性的主题展开。

当提到《巴黎评论》的“编辑方向”(editorial direction)，这是否就是“品味”的另一种表达方式?

是的。

在《巴黎评论》发行的这六十年间，你认为是否存在某种未曾改变的品味?

很可能没有。但与编辑们的个人品味不同，这份杂志的创刊理念被延续了下来。在乔治·普利姆顿(George Plimpton)做主编的50多年里，你可以发现许多风格上的变动，因为他经常会引进一些新的编辑，尤其是小说和诗歌方面的编辑。六七十年代，玛克辛·格罗夫斯基(Maxine Groffsky)将杂志的关注点转向了哈利·马修斯(Harry Mathews)等先锋作家。随后，你可以看见像杰伊·麦卡洛克、莫娜·辛普森或者杰米·林维尔这类年轻编辑引入了作家戴维·福斯特·华莱士和杰弗里·尤金尼德斯。尽管品味在不断发生改变，但所有的变化都没有偏离这本杂志最根本的使命。

可能贯穿始终的是《巴黎评论》会一直很有趣。

你刚才问我“编辑方向”和“品味”是不是一回事，更明确地说，在《巴黎评论》这里，它们是一回事。但对于其他很多杂志而言，除了考虑品味这个问题外，它们还承受了一些其他的压力，所以不得不去卖广告，也必须拓宽受众群，还要讨论某些特定的话题和时事新闻。如果这些压力都消失了，如果你能随心所欲，那么剩下的一切就都是品味问题了。

你曾说过，在《巴黎评论》，愉悦感是最重要的。品味是否和这种愉悦感密切相关呢?

当然如此。但我也认为其实可以转移一下目光，看看你未曾关注过的那些东西。这可能包括你固有的成见，包括你所知的已经被表达出来的东西、还没有被提及的东西，以及需要被提出的东西。品味就如同某种现象：你可以回过头去努力弄清马尔科姆·考利为什么更偏爱福克纳，你甚至可能就此讲出一个看似合情合理又精彩纷呈的故事，但是，这个故事可能和考利的真实想法没有太大关系。

所以品味更偏感性，而不是某种算法?

对。品味在很大程度上是无意识的，就像“风格”一样。

在编辑与作者的来往中，品味和风格是如何起作用的呢?

我会把品味同编辑的工作联系在一起，而将风格同作家的工作相联系。当我使用“风格”这个词的时候，我一般指的是创造性的工作。

举例来说，约翰·耶利米·沙利文(John Jeremiah Sullivan)的作品最先让你感到震撼的地方是什么?

要说清楚这些东西真的很难。当你喜欢上某个人的作品时，除非你是一个非常优秀的批评家，否则很难说出个所以然。我们会习惯性地设想，如果某个人擅长于某件事，那他可能不会擅长做其他事情。但事实上，当某个作家像天才一样击中了你，那他或她很可能是在很多不同的事情上都表现得很出色，你会觉得这些东西加在一起才是一个人完整的表现，我在几乎所有我钟爱的作家身上都发现了这一点。我喜欢约翰并不仅是因为他很有趣、有人道主义精神，抑或能一贯地用简洁的文字表现令人吃惊的巧思和颗粒般的粗糙质感。我喜欢他，是因为这些表现都集中在了他的身上。有趣的是，在你打来电话的前一个小时，我刚收到了约翰的留言。我读几句给你听，因为这和你的问题相关。“如果不从诗学或者科学主义，而从常识的角度来看，”约翰写道，“读者的关注力（attention span）指的是什么呢？假如在一个没有文字、不会读写的族群，例如1738年的彻罗基族，你碰到一个盯着一捆树叶或者几块亚麻布的人，那上面还有一些小记号。他看得如此专注，以至于你叫他的名字他都听不见，也没有回头。我们会实事求是地说：这就是催眠术。他正处于被催眠的状态。而一本书就是能产生相同效果的机器，跟市集上那些会让你不停投币进去的机器差不多。这并非某种隐喻，而是现实。首先，你要能进入催眠状态，接着，我们再来讨论是谁说了些什么，有没有价值这一类问题。但如果你无法进入这种状态，那说明它根本不重要。更残酷的是，假如催眠状态无法一直持续下去，这说明它并不是真的重要。”告诉我能让你进入催眠状态的东西是什么，我就能说出你拥有什么样的品味。

你会认为品味和品质并不是一个意思？

不是。其实，当我们说某个人“好品味”的时候，难道没有些许轻蔑的意味吗？也许仅仅是某种怀疑，怀疑品味会缩小视野，且并不总是以好的方式？况且，还有什么骂人的话比形容某个东西“趣味高雅”更难听？

它让我联想到我祖母的起居室——你绝不会想进的那种房间。

在米歇尔·维勒贝克新写的小说中，叙述者谈到了一个作家的作品能流传两个世纪的原因——传达力（the quality of presentness）。这与作家的水平没有关系，有些人就是拥有某种神秘的能力，即使他们并没有出现，他们的影响力也溢于纸上。或许这也是调侃品味的一种方式。

在投给《巴黎评论》的稿件中，有多少具备了这种传达力？或者简单地说，你们发表的文章在总投稿中占多大比例？

在所有送来的稿件中吗？绝对不到1%。

回想童年，有什么是同品味还有你的父母相关的吗？

你听过电影《不速之客》（*The Harder They Come*）中那首叫“Johnny Too Bad”的歌里的那段电子琴破音吗？我把它和我母亲联系在一起，将梅尔·哈格德（Merle Haggard）同父亲联系在一起。

具体是关于梅尔·哈格德的什么？

我对他的感觉让我自己都很困惑，关于他写的歌和他的演唱风格，可能是因为他总是将某些现实写入歌词里。他是在演绎和极力传达歌词的内容，让人们信以为真，但他的歌词有点复杂。威利·尼尔森也有这种特质，多莉·帕顿也是这样，这需要聪明才智。我觉得艾瑞莎就有这样的才智，或者福音歌手J.罗伯特·布拉德利（J.Robert Franklin），他可以化腐朽为神奇，让最平庸的歌词听来字字真切。还有艾尔·格林。我不明白为什么当他出现时，人们不停下来就让他成为世界上最后一个流行歌手，他的歌曲完美无缺。所以你看，在音乐方面，我的品味非常主流。

你觉得在文学圈子里面谈论品味困难吗？

当编辑们聚在一起谈论品味时，最后他们似乎都能达成一致，实际上却不然。你们用相似的词去描述自己喜欢的事物，但事实证明，你们所指的东西并不一致，所以你学会了不再对此类谈话抱有太大希望。

你觉得自己在文学之外的品味是怎样的？

我一直都为非常严重的怀旧情绪所苦。随着年龄的增长，我拥有越来越多工具，让我能活在这个我们共享的当下，但总感觉真实的世界好像被我们留在过去某处了。我想这仅仅是一个有关现代性的问题，可能早在铁路出现的时候就开始了。每一代人都会以自己的方式离开一个世界，因为这个世界并不如他们刚诞生时看到的那样真实美好。

你桌上也有一个Rolodex牌的名片架……

是的，但那只是因为我实在太懒了，不想把电话号码存进电脑。这个名片架经常翻到约翰那一页，因为虽然我们通过很多次电话，但我从来都记不住他的号码。

你的朋友之中谁和你的品味差别最大？

我和我妹妹经常意见相左。我们从事相同的行业——她是一个文学经纪人——所以有关我们喜欢什么的问题经常出现。我很尊重她，而且我们是一起长大的，所以当她和我在喜好上产生分歧时，我会觉得很有意思。我们也能很快找出产生分歧的原因。不久前她给我看了一本小说，我说不知道为什么这本书看得我不太舒服，她一分钟之后就马上回复我：“下次见面再跟你解释。”

莎拉·麦克纳利

SARAH MCNALLY

文字：*Lucy Brook*

纽约人真是被宠坏了，这表现在很多方面，其中之一便是这里拥有众多极好的书店。McNally Jackson书店位于繁华的纽约SoHo区王子街。自2004年营业以来，它一直是爱书者的宝库。我们采访了这家书店的所有者和创始人莎拉·麦克纳利。

你是怎么想到要创建McNally Jackson书店的呢?

当时我在出版社工作，但对那儿的环境并不满意。那种感觉有点像被困在一个小岛上，没有护照，只能从新闻里了解到关于书籍的广阔世界的信息，那里充斥着守旧的家长作风。出版社和理发厅可能不同于当下的其他行业，这两个行业信奉的是，年轻人必须踏踏实实履行自己的义务，而不是带来新想法。

书籍吸引你的地方在哪里?

在我五岁的时候，我母亲在加拿大温尼伯开了属于自己的第一家书店，所以这对我而言并非什么难以预料的事情。我喜欢卖书，也喜欢纽约这个城市，所以我想将二者结合起来。

“好品味”和“坏品味”对你来说分别意味着什么?

对我而言，品味是不受潮流等外在因素的影响，基于事物本身的价值做出评价的能力。想要拥有好的品味，你必须去观察万事万物并从中学习。你观察得越多，就会看得越清楚，哪些事物跟你的预期并不相符。在这个世界上，无数事物都在努力追求外在形象。无论是一部电影、一组灯具还是一套服装，我所观察到的大部分事物都在努力让自己变得好看，而不是客观审视自己，找出自己身上固有的美或闪光点。

你认为怎么样才叫对书籍有好的品味?

所有的叙事艺术——电影、电视、文学——大体可以分为两个类型：一类试图再现受众熟悉的某种情感历程，另一类想为受众重构这个世界。塞林格的《西摩：小传》中，西摩嘲笑他的继母每晚读一本小说的那一段，有时候会被我拿来乱用。有些书让我们对自我的理解停留在表面，带我们体验一段可预见的、引人入胜的，但最终不会促使我们深入思考的情感旅程。而对我来说，那些拥有良好文学品味的人会在他们所阅读的书籍的帮助下，真正审视他们自身以及周围的世界。

你认为我们关于好的和坏的文学品味的概念是怎么形成的?是来自于我们的成长环境吗?也许是来自流行文化?

在这一点上，因为书籍本身被认为只会吸引少部分特别的人，所以关于好的或者坏的读书品味的概念被彻底改造了。人们几乎无论读什么都会感到自豪。

你的文学品味是如何影响你生活的其他方面的？

这就好像将一袋茶包放进热水里，效果是显而易见的，但很难具体说明。我读过很多书，但并不是像我的很多朋友那样系统地去读，所以我没有成为任何领域的专家。如果我们每个人真的都是各自经验的总和，那么我有五分之一是由书籍堆成的，就像一座独一无二的凌乱的图书馆一样。也因此，会有无数故事在我脑海里打转，既有真实的，也有虚构的。我就像理发师或者出租车司机一样，知道很多逸闻趣事。

会有这样的情况吧，有某本书，即使你不太喜欢，也会挑来店里出售。作为书店店主，你在挑选要出售的书籍时，会在多大程度上牺牲自己的品味？

除非有绝对的必要。对于我不喜欢的书，除非它一定能大获成功，否则我是不会选择的。例如真人传记类小说，作者的自作主张让我很反感，所以我从不关注这类作品，除非真的有很多读者想要购买，比如《我是海明威的巴黎妻子》。这本书太畅销了，你会发现我把它摆在了最前面的桌子上，正中你下怀的位置。我觉得，作为一个书店店主，我不应该暗示读者自己的书店太好了，所以不卖那种大家都想读的书。但是，有一件事情我绝不会做，就是引进那些跟风出版的书，例如跟《五十度灰》类似的作品。但我可能会引入另外一种性爱小说，那种在我看来迸发着灵感的火花，非常生动、特别、令人激动且包装精美的小说。事实上，我很愿意看到有那样一本小说出版，它肯定会畅销的。也许最近重回出版界的畅销书出版人朱迪丝·里根（Judith Regan）不久就会策划这样一本书。

我的朋友保罗·山崎，城市之光书店的图书采购员，则有不同的想法。他觉得自己的角色是有教育意义的，所以有目的地绕开那些其他地方已经在卖的书，想尽可能展示在其他地方被埋没的书。

你最喜欢的书是什么？为什么？

也许是里尔克的《杜伊诺哀歌》。这是我在家里的时候，经常放在一堆书最上面的一本书。或许还有普鲁斯特的作品，因为他很伟大，和莎士比亚一样伟大。诗歌、哲学、文学、艺术评论、历史，在这本书里都有体现。这样看来，它是一本阅读起来很高效的书。而且它的层次十分丰富，会让你有常读常新的感受。

书籍和文字对你有什么特别的意义？

文字是唯一让我理解自我和他人的途径。甚至没有了文字，我连欣赏自然都觉得困难。也只有通过文字，我才能超越意识的中心，否则就会像被大头针钉住的天使，不能自由飞翔。

梅特·海伊

METTE HAY

文字：*Lucy Brook*

梅特·海伊是丹麦公司HAY背后的中坚力量，这是一家设计现代家具、家饰和家居用品的公司。她和我们探讨了关于品味的话题，其中包括她自己的品味以及她是如何看待当今社会中的品味引领者的。我们讨论了好品味和坏品味之间的不同，启发她个人品味形成的因素，以及她的设计如何做到既吸引他人又忠于自己的问题。

对你来说“好品味”意味着什么？

这个问题好难，我可能没法完整地做出回答。我喜欢看到各种不同的品味共同存在。好品味对我而言指的是一些东西被有效且出人意料地组织在一起，例如便宜的和贵的，彩色的和单色的，复古的和全新的。如果有一条主线能贯穿始终，将它们联系在一起，就更有趣了。我深信高品质和强烈的个性特征对好品味的形成至关重要。

你怎样区分好品味和坏品味？

凭直觉。直觉是我唯一的工具。尽管我会对生活中的很多事情感到疑惑或不安，但在为我们的品牌挑选东西时，我总是拥有非常强烈的应该这样或应该那样的感觉。

你的品味是如何培养起来的？

我在日德兰半岛上的一间家具和设计商店长大。无论是在店里还是在我童年的家里，设计一直都是我父母最重视的部分。后来，我和我丈夫Rolf认识了特勒尔斯·霍尔希·波维森，并开始与他合作，他对古董和旧宅修复充满了热情，同他一起工作和旅行让我深受启发。我觉得我的品味一直都在进化。这也需要从外部不断吸收养分，我是个非常外向的人，喜欢去新的地方旅行，也喜欢认识新的朋友，并从中找到了很多灵感。

丹麦的设计传统对你的品味和作品风格的形成有多大影响？

在丹麦这个地方，设计一直伴随着我们的成长，孩子们会被教授谁是阿纳·雅各布森（Arne Jacobsen）。材质（materials）、简单（simplicity）和日常（everyday life）一直都是关注的重点，我想这就是我们继承的斯堪的纳维亚的传统之一。对我们而言，作为设计师，你从哪里来并不重要，你要呈现的东西才是最重要的。我们从未把HAY仅仅当成丹麦的某个项目，所以我们不断和来自世界各地的设计师们合作。我认为，当我们将设计局限在本地或某个区域内来讨论时，要十分小心。设计是一种国际化的语言。

你最近的灵感来自于哪里?

我基本上每天都能遇到给我灵感的人。我喜欢去与丹麦大相迥异的地方寻找灵感。我会去参加设计展览会，这很重要，在这样的地方，我能了解更多与自己所在的行业有关的事情，掌握行业动态，但我通常不会在这样的地方寻找灵感。我的灵感大多来自于日常生活。当然，我也发现杂志和像Instagram这样的社交媒体平台是很有影响力和启发性的。

你心目中的“品味引领者”(tastemaker)是什么样的？你是某人的“死忠粉”吗?

多年以来，我们都十分崇拜朱利奥·卡贝里尼和罗尔夫·费尔鲍姆。Established & Sons公司及其艺术总监塞巴斯蒂安·朗(Sebastian Wrong)的设计也充满了灵感。像无印良品和宜家这样的公司也在启发着我们去生产价格合理的生活用品。今年宜家和伊尔莎·克劳福德(Ilse Crawford)在斯德哥尔摩设计周上建立合作的事情让我印象深刻。也有一些时尚品牌在色彩和图案方面很擅长，例如Marni和Proenza Schouler。在我们自己的设计工作室和合作方里也有许多天资出众的设计师，包括Brooks Brothers、Inga Sempe、Stefan Diez、Shane Schneck、Clara Von Zweigbergk，以及Scholten & Baijings。

是什么让你开始从事设计这个行业的?

毫无疑问是受我父母的影响。他们除了把我抚养大，让我在家具和设计的氛围之中长大之外，并没有刻意去做什么。小时候我就喜欢收集东西然后摆弄它们，一开始主要是木棍和瓶盖，随着我慢慢长大，又加上了在旅行中得来的各种日常物件。我一直在往我的旅行箱里面塞诸如烟灰缸、陶瓷或炒锅这种东西，很自然地就会被设计和一些物品所吸引，所以很难想象我会从事什么别的工作。

你有设计过并不符合你的个人品味却更受市场欢迎的东西吗?

我向特勒尔斯承诺过，我绝不会生产那种不会出现在自己家里的新产品。并不是说我们会和所有的产品朝夕相处，但这是一条很好的指导原则。正如我之前说过的，我的直觉是我最主要的工具，所以我必须听从我的内心。我想这就是为什么HAY现在的产品会和十年前的看起来不一样。随着我和Rolf的成长和改变，我们的产品也会同我们一起进化。HAY还在不断地发展变化，我想这会是一件好事。

HAY.DK

里 斯 本

L I S B O N

P O R T U G A L

38°46’32.3”N 9°07’60.0”W

尚帕利莫

未知问题研究中心

CHAMPALIMAUD

CENTRE FOR THE UNKNOWN

文字：*Richard Aslan*　　摄影：*Rich Stapleton*

未知问题研究中心位于塔霍河边的一个半岛上，建筑周围的大片水景将海天连为一线。“我非常自豪，这不是一座现代艺术博物馆。”建筑师查尔斯·柯里亚说，“这里是尖端医药学和科学所在地，人们都是带着真正的问题到这里来的。”两根巨柱像画框一样将远处的陆地框起来，大海是水银色的，天空是石墨色的。这个研究中心致力于人类健康，是根据安东尼奥·尚帕利莫（António Champalimaud）对转化科学的认识建立起来的。在这里，理论与实践，医学研究与临床治疗，甚至眼界与地平线都结合在了一起。塔霍河的入海口就在研究中心所处的半岛上，岛上有一条环路，这儿也曾是航海探索的起点，是昨日世界让未来涌入的一个缺口。一个圆洞如同景框一般将远处的丘陵纳入其中，顺着丘陵的斜度，圆洞仿佛被切成了两半。一棵橄榄树在岁月中摇摆，已然弯下了腰。研究中心的建筑物倒映在海水中，仿佛在沉思，大海似乎也回视着它们。海边有一座小岛淹没在了海水里。柯里亚说：“建筑是一种美，美就是一种治疗。”所有的一切都汇向研究中心所在的方向，无论它们会在哪里交集，这里总为人们保留着一席之地。

关于尚帕利莫

- 实业家安东尼奥·尚帕利莫是以从事保险、水泥和银行业发家的。据估计，2004年他去世时，身价约有31亿美金，是当时葡萄牙最富有的人。他留下了5亿欧元成立尚帕利莫基金，基金会将肿瘤学及神经学方面的生物医药研究同前沿的临床治疗相结合，以改进人们生活的质量。

- 研究中心位于塔霍河岸边。大航海时代正是从这里的海岸线开始，航海家亨利和达伽马的船驶入了未知的远方。这段关于新航路开辟的历史不仅激励着在此地工作的研究人员和临床工作者，建筑师查尔斯·柯里亚也从中获得了灵感，并将“New Horizons”（新视野）作为他建筑设计的主题。

- 原来规划的用地，最后有一半都归还给了里斯本的市民作为公共空间。柯里亚的这次设计，正是以平衡了公共空间的开放性需求和病人对隐私的需求而闻名。

- 2010年，《科学》杂志曾宣称尚帕利莫基金会是国际上最适合博士后学习的机构。在专业领域中，它的研究工作处于前沿，在临床实践上，它也能提供最先进的治疗方案。

地址：Champalimaud Centre for the Unknown, Avenida Brasilia, 1400-038 Lisbon
官网：FCHAMPALIMAUD.ORG

四月二十五号大桥

铭记历史的悬索桥

PONTE 25 DE ABRIL

SUSPENDED IN HISTORY

文字：*Richard Aslan*　摄影：*Rich Stapleton*

悬索沿着漆成国际橙的双索塔向上摆动，呈现出像勺子一样凹下去的弧度。富盐的海水飞溅在“十”字形交叉的主梁上。竖直的吊杆将悬索和桥面相连，仿佛梳理着海面升起的团团雾气。这座大桥像极了出现在成千上万张风景明信片上的美国金门大桥（Golden Gate Bridge）。不同的是，后者从旧金山的尖兵堡（Fort Point）延伸向马林县（Marin County）的山丘，而四月二十五号大桥则将阿尔马达（Almada）拥挤的郊区同里斯本赤土色的屋顶相连。四月二十五号大桥和它位于旧金山的姐妹桥（即金门大桥）如此神似，以至于它们被有些人认为是两座城市之间有深层联系的象征。两座桥附近都有电车沿着陡坡的街道“咔嗒咔嗒”向上开去，都被懒洋洋的海滩文化所包围，甚至两桥所在地的山丘数目也都一样。但如果把这些环境因素排除，单独将这两座桥做个比较，它们的不同便会显现出来。

从各种数据上看，四月二十五号大桥并不占优势。同金门大桥相比，它在高度上矮35米，长度上短500米，建成时间也要晚29年。它的建造者也并非金门大桥的McClintic-Marshall公司，而是另一家美国桥梁公司。这家公司修建了旧金山半岛以东10公里的并不那么闻名的奥克兰海湾大桥，但倘若剥除四月二十五号大桥独特的外漆，它们之间的谱系关系会更明显。然而，有一项令人尴尬的荣誉是独属于四月二十五号大桥的：当汽车驶过金属桥面时，它会像云集的蜂群一般发

▶▶▶

出“嗡嗡”的巨响，声音之大足以让躺在床上的人们无法入眠。

但桥梁的作用不仅仅是将两块陆地连接起来。它不仅是沥青和钢筋的某种混合物，同时也反映着建造者的个性特征，在时间的长河里记录下了某个精彩瞬间。1937年金门大桥竣工开放的那天，加利福尼亚州的市民们激动而自豪地欢唱着，穿上溜冰鞋在桥面上滑行庆祝。欢庆活动持续了超过一个星期，其中一天，有20万人来到桥上游行，他们中的许多人穿着相当时髦的四轮溜冰鞋。那时一定有不少人哼唱由Tobias、Rothberg以及Meyer三人为这个时刻特别创作，由The Girls of the Golden West组合演唱的歌曲。“在金色的大门上，”他们满怀深情地吟唱，“有一弯银色的月亮，月光照在蓝色的太平洋海岸，也照在我爱的那个人身上，银色的月辉轻抚着令我魂牵梦萦的他的臂膀。”总工程师Strauss激动且夸张的声音适时响起：“这座大桥既不需要表扬、称颂，也无须赞美。一切都是不言而喻的。我们这些长久为河流分隔所苦的人们充满了感激。过去，大自然将两地分离，今日，人类使其连为一体。”

1966年，一座大桥在葡萄牙竣工，这座桥不仅将城市连接起来，也将这个国家的灰色支柱——教堂和军队——结合在一起。“告别过去，迎接未来的伟大标志！”《每日新闻报》在头条宣告。但是，里斯本的市民们却还在等待时机，他们心里另有打算。金门大桥简单地以它横跨的水域命名，而葡萄牙这座大桥的起名却成了一个难题。大桥开通时的庆祝盛况都献给了“萨拉查大桥”，即这座桥最初的名字，为了纪念1932年至1974年领导葡萄牙的“新国家体制之父”——安东尼奥·德奥利维拉·萨拉查。萨拉查是一位备受争议的人物，曾被同时评选为最好和最坏的葡萄牙人。批评者指出，他所谓的“新国家体制”，就是在欧洲长久占统治地位的独裁体制，效仿了法西斯主义。拥护他的人则反驳，早在1934年，萨拉查便宣布全面放弃德国法西斯政权所主张的种族主义，并在二战中提供了一条离开欧洲的逃生路线，拯救了成百上千的生命。批评他的人进而大声质疑：为什么这种慷慨的精神并未延及当地土生土长的社会主义者、共产主义者、自由主义者和反殖民主义者呢？他们还提到了PIDE（国际及卫国警察），这个秘密情报组织用暴力和恐吓来强化萨拉查的政权。随后，正当支持者们收集萨拉查在促进经济稳健增长以及改善医疗和教育方面的有利证据时，批评者们抽出了他们的王牌：萨拉查大桥，反对派们轻描淡写地陈述道，已经被葡萄牙人民更名为四月二十五号大桥。

1974年4月25日，因为建立者萨拉查在1970年逝世而不断衰落的新国家体制终于坍塌。这一天发生了军事政变，因为迎合了大众的想法，所以不少平民成群结队涌上街头，来到坦克边。他们将鲜花插入士兵们的步枪和纽扣眼里，呼唤他们渴望已久的Revolução dos Cravos——康乃馨革命。PIDE的警察被数量远超于他们的群众困在它臭名昭著的总部里，慌乱中开枪打死了四个人。这也是整个革命过程中唯一几声枪响。云集在大桥上的人们迅速搭起了一座脚手架，在葡萄牙长达六个世纪的帝国主义探索、征服和镇压宣告结束的这一天，拼成萨拉查的名字“SALAZAR”的金属字母也被解放了，它们被手写的新字母所取代。这些字母饱含葡萄牙人对新生活的渴望，也记录下了历史的一个重要瞬间。■

“迎接未来的伟大标志！”

葡萄牙语

漂流在大西洋中

PORTUGUESE LANGUAGE

MID ATLANTIC DRIFT

文字：*Richard Aslan* 摄影：*Jonathan Gregson* 纸模：*Lydia Shirreff*

尽管因为英式英语和美式英语的不同，存在诸如color和colour，theatre与theater在拼写上的区别，lift及elevator在用法上的区别，和pants同时拥有两种相反意义的情况（英：内裤；美：长裤），语言改革在英语为第一语言的国家中并不是什么要紧的议题。虽然在1970年装模作样地进行过一次短暂的正字法大扫除，也因此澳大利亚卫生部（Ministry of Health）短暂地被拼写为Ministry of Helth，但并没有触动书面英语的使用规则。同英语一样，葡萄牙语通行于全世界，也有因地区差异和全球化而带来的一切细微（也并没有那么细微）的变化。也类似于英语，葡萄牙语的使用差异大体上以大西洋中脊为分界。非洲、亚洲和欧洲说葡萄牙语的人会用facto、ideia和comboio分别表达事实、主意、火车，巴西地区则用fato、idéia和trem。虽然表达的是同一个意思，但就是有人愿意这么说，有人愿意那么说。然而英语似乎并不在意诸如catalogues与catalogs，programmes同programs，以及encyclopedias和encyclopaedias等差异的存在。与此相反，在葡萄牙语中，voo和vôo（都表示飞行）的细小不同都被看作是其国际化身份的无法容忍的污点。

在做进一步讨论之前，我必须指出，英语国家对于正字法的冷淡态度在世界范围内其实是异数。虽然某些语言的拼写体系一直都没有什么变化，但是捷克语从15世纪开始，西班牙语自19世纪开始，俄语在十月革命之后，无休止的修订成为常态。1972年，印度尼西亚进行了一次全盘语言改革，由此，tjoetjoe（孙子）变成了cucu，与马来西亚语表示孙子的chuchu十分接近。荷兰语联盟（荷兰和比利时弗莱芒地区于1980年共同创立的一个讨论和协调荷兰语问题的国际组织）于1995年修订了有关荷兰语拼写的“绿皮书”，十年后又进行了一次新的修订。2004年，法兰西学术院（法兰西学院下属五个学术院之一，主要任务是规范法国语言，保护各种艺术）将mû（移动）变成mu，diesel（柴油）换作diésel，同时修订的还有其他2000个词语。2005年，德语

▶▶▶

世界见证了radfaheren（周期）改为Rad fahren，并且很高兴地看到Flussschifffahrt（河运）一词中有两个字母优美地重复了三次。同年，挪威撤回此前的一次语言改革，并重新采用更传统的拼写规则。

1990年12月16日，葡萄牙里斯本笼罩在柔光之中，经过长达数年的谈判，六男一女庄严地聚在此地一间设计精巧的前修道院大厅里，共同在一份国际协议上签下自己的名字，承诺终止令人无法忍受的混乱的拼写状况，从而摆脱这种状况带来的奇耻大辱。如表示企鹅的单词居然同时存在pingüim和pinguim两种拼写，还有一些人竟然将janeiro（一月）的首字母大写。有七个使用葡萄牙语的国家签署了这份“葡萄牙语正字协议”：非洲的安哥拉、佛得角、几内亚比绍、莫桑比克、圣多美、普林西比（说葡萄牙语的人口共5000万）、葡萄牙（接近1000万人说葡萄牙语），以及巴西（高达2亿人说葡萄牙语）。来自西班牙西北部自治区加西利亚的代表，也作为见证人出现在现场，满足了那些将自己的语言视作葡萄牙语的一种方言的加西利亚人的愿望，但他们并没有在这份协议上签名，也满足了那些想法完全相反的人的期望。2002年，东帝汶从印度尼西亚独立出来，成为新世纪实现独立的第一个国家。仅仅两年之后，它便作为第八个成员签署了这份协议。按照协议，不发音的字母和连字符都将被去掉，要让大写的使用变得更合理，并终于让K、W和Y获得了在字母表上的合法地位。考虑到使用葡语的人数分布现状，正字协议倾斜向了大西洋西岸的葡语区。在大西洋东岸的葡语区，约1.6%的词语受到了这份协议的影响，而在巴西地区，这个数字仅为0.5%。协议也为不同地区因发音而自然产生的拼写差异留有余地，如aspecto和aspeto（外形）被允许同时存在，génio同gênio（天才）之间的细小差别也被保留下来。尽管这份协定兼具逻辑性与通融性，但其执行结果却不甚乐观。

在屡次拖延和进行了两次具有争议性的修订之后，这份协议终于在2009年被写入巴西和葡萄牙的教科书。巴西的三年转变期同预期一样顺利，但欧洲地区的六年转变进程却在不断增加的反对声中举步维艰。除了拉美葡语区，同样的阻力也出现在了几乎每一个其他葡语区，包括赤道几内亚，它在2007年将葡萄牙语定为官方语言，因此也被卷入了这场争端中。协议的执行遭到阻力的部分原因是它带给人们很多困惑，特别是给教学和出版业造成了混乱。还有保守分子的不肯变通，他们对每一个被去掉的分音符都怀有执念。人们对少数特权阶级并不待见，除此之外，国家荣誉感自然也是原因之一。设想一下，假如让一个来自英国曼彻斯特或者利物浦的人从现在开始，将favour（偏爱）改写作美式英语的favor会有什么结果。有2400万葡语使用者的安哥拉也没有显示出任何配合的迹象。况且，协议实施的先决条件——《Common Lexicon》（常用词汇）一书也没能出版发行。反对者警告，葡语的这种混乱状况正在毁掉它的国际声誉，而他们的担忧同整个语言改革方案的设计者的良好初衷如出一辙。在这个“警世故事”中，最具讽刺意味的是，最终，里斯本和巴西利亚在语言改革中走上了两条迥异的道路。协议的缔造者们最初试图将葡语在大西洋两岸的两个分支合为一体，却不明智地将葡语由两种分裂成了四种。事到如今，仅仅知道你说的葡语是否是巴西式的已经不够了，你必须要进一步问，它是属于改革前的还是改革后的。■

辛特拉

SINTRA

A PHOTO ESSAY

摄影：*Rich Stapleton*